だいじょうぶ

鎌田 實×水谷 修

往復書簡

日本評論社

プロローグ

だいじょうぶ、だいじょうぶ

鎌田《かまた》　實《みのる》

子どもが好き、若者が好き、人間が好き、この国が大好き。

でも、ぼくの大好きな日本というこの国が漂流をはじめた。この国はどこへ行こうとしているのか。まるで大海に漂《ただよ》う幽霊船《ゆうれいせん》のようだ。

目的地を定めよう。目標は「あったかな国づくり」がいい。国のタカラである子どもを大事にしたい。子どもたちがいきいきと生きられる社会がいい。教育が充実している国。子どもたちにチャンスがいっぱい与えられている国。国のチカラである若者たちが、好きな人と結婚できて安心して子どもを産める国。家族のきずなや地域のきずなが豊かにあふれている国。弱い人やお年寄りが大事にされる国。この国の土台にあたたかな血を通《かよ》わせたい。

そのために、あたたかな政治、あたたかな経済、あたたかな教育、あたたかな医療が必要なんだ。競争重視のドライな資本主義でなく、あたたかでウエットな資本主義がいい。

この二〇年、ぼくたちの国には拝金主義がはびこった。モノやお金も大切だけど、もっと大切なものがあるはず。

今、世界の経済がマヒしかかっている。マネーゲームのようなカジノ資本主義が一握りの貪欲《どんよく》な狼《おおかみ》たちによって操作され、世界中が踊らされてしまった。この国のリーダーもアメリカのモノマネをして同じ落とし穴にはまった。ひどい国になりかかっている。

ピンチである。しかし、ピンチはチャンス。今こそ、子どもたちや若者たちを大切にするあったかな国をつくるチャンスなのだ。

医療の鎌田と教育の水谷。フィールドは異なるけれど、ともにヒゲヅラで正義感がいっぱい。今回、二人ははじめて同じ土俵に立った。必死で大好きなこの国について考えてみた。鎌田はめずらしく、この国の構造に切り込んだ。水谷はこの国をよくするために、情や心や思いにこだわりつづけた。鎌田は新しい鎌田になった。水谷は新しい水谷になった。

驚くような発見がいっぱいあった。

　この本を子どもや若者たちに読んでもらいたい。働き盛りの人たちや団塊《だんかい》の世代にも。お孫さんがいる世代の人にも読んでもらい、いっしょにこの国の在《あ》り方を考えていただけたらと思う。そして、

「だいじょうぶ。この国はいい国だから、君たちをちゃんと守れるよ」

と、子どもたちにいえるような国にしたい。

「だいじょうぶ。好きな人ができたら結婚しな。苦労しながら家庭は築けるよ。いくつか我慢すればなんとかなる」と、若者たちにそんな言葉をかけてあげられる国になったらいいなと思う。

　弱い人にもお年寄りにも障がいがある人にも、やさしい国にするためにどうしたらいいのか、考えてみた。心が鬱々《うつうつ》としている人が、いきいきと生きられるような国をどうつくればいいのかを、考えてみた。

　すべての人びとが何かを背負って生きている。

「ちょっと大変だけどなんとかなるさ、だいじょうぶ、だいじょうぶ」

と、いえるような国にするためにどうしたらいいのか。

　本気でぼくらは考えた。

だめ、だめ、だめ

水谷《みずたに》　修《おさむ》

今、政治の世界や経済の世界をはじめ、すべての分野で、日本がどうしようもない状況に入ったとメディアは語っています。日本は、だめ、だめ、だめ、ということばに満ちています。そんなに日本はだめですか。

私は今の日本の政府や政治、経済のシステムがすぐれたものだとは思っていません。むしろひどいものだと思っています。人の能力をきちんと評価せずに労働意欲をそぎとっている。許せません。怒りもあります。でも、それよりも私が今恐れているのは、人のこころの貧しさが蔓《まん》延《えん》することです。

日本中の政界や経済界はもちろんのこと、あらゆる分野で指導的な立場にいる人たちに、たずねたいことがあります。あなたたちが子どものころ、そんなに日本は富んでいましたか、ゆとりがありましたか。

私は貧しかった。子どものころは、その日食べるものにも恵まれず、いつも空腹でした。着る物も語りたくないほどぼろぼろ、つぎはぎだらけでした。でも、自信を持っていえます。こころは貧しくなかったと。

私の家族もそうですが、日本中のすべての人たちが、働いて得ることができた収入の中で、たまの贅沢《ぜいたく》を楽しみ、たまのゆとりを味わっていました。そして、それをこころの糧《かて》として生きていました。とっても幸せでした。

今回、私の大好きな大切な人、鎌田先生とこの本を書きました。この本は貧しく寂しく哀《かな》しく生まれ、でも、誇《ほこ》りを持って生き抜いている私たち二人から、明日へのメッセージです。子どもたち、若者たち、そして日本をつくる大人たちに読んでほしい。こころで感じて、考え方のヒントに役立ててほしい本です。

この本で、世の中や日本の社会を変えることはできないかもしれません。政界や経済界の有名人たちの目に触れることさえないかもしれません。私も鎌田先生もただの人。ただ、自分の信じる道を生きているだけの人間です。でも、人と人とのこころをつなぐことはできる。この本を通じて、たくさんの人のこころをつなぐことはできると信じています。

これから世界経済は、日本も含めてますます厳しい状況になっていくでしょう。経済的に恵まれない人たちも増えていくでしょう。それによる哀しみも増していくかもしれません。

みなさんに聞きたい。貧しさや哀しみは罪ですか。悪ですか。

私は、絶対にそうは思いません。たしかに、貧しさは幸せへの少しの遠回りにはなるようです。哀しみは人生の希望を奪《うば》う凶器になることもあります。

でも、でも、私は信じています。貧しさの中から生まれる優しさや思いやりがある。哀しみの中から気づく希望や明日がある。明日はお日様が待ってます。こころを幸せで満たしてくれるお日様が。

私の願いは君たち一人ひとりが幸せになること。でも、その答えは、一人ひとりのこころの中にあります。

＊目次

好感日記　Part2

鎌田 實・水谷 修「だいじょうぶ」対談

エピローグ

だいじょうぶ

鎌田實×水谷修

好感日記

Part 1

―― 水谷先生へ

イラクの難民キャンプで、若者たちは目を輝かせて勉強をしていました

水谷先生、はじめてお便りします。

今、この手紙はシリアのデリゾールというメソポタミア文明発祥の源流、ユーフラテス川の川岸の古い歴史のある小さな町で書いています。時間は朝の四時、夜が明ける直前の闇のなかです。イスラムのお祈りを誘《いざな》う圧倒的なアザーンの輪唱で目を覚ましました。

一日八〇〇円の安宿です。部屋は汚《きたな》いし、シャワーもない、寝具は汚れており、眠れるか自信がありませんでした。あなたなら山男でストイックな生活をなされているので、きっとノープロブレムなのでしょう。ぼくは、ひ弱で軟弱です。

砂漠のなかを六時間ほど走りつづけ夜中の一二時半に到着し、肌が少しでも寝具につくことが怖くて、靴下も脱がずにズボンのまま、コートを着たまま寝ました。しかし、心配はありませんでした。泥のように深い眠りにつきました。

三時間ほどで、目が覚めたぼくは、闇のなかのデリゾールのダウンタウンの街をほっつき歩きました。貧しい街です。でも人間の朝の息吹《いぶき》がありました。顔を布でおおったイスラムの女たちが自分たちがつくったチーズをもちより、チーズの市を開いていました。

六〇〇〇年の歴史を感じ、その空気を吸いながら、ぼくは手紙を書いています。

昨日はダマスカスを朝五時半に出発し、砂漠のなかを走り抜け、シリアからイラク国境に入りました。イラクに入ると、テロリストからぼくら医師団を守るため、ぼくらの乗った車の屋根には若い兵士が機関銃をもって、へばりつきます。

イラクを追われたパレスチナ人一七〇〇人が生活するイラク内にあるアルアリードという難民キャンプで診察をしました。二年間近くテント

テントでの出産後、鬱病にかかりながら、子育てをしているお母さん。目がうつろだ

で生活しています。平和を失ったイラクのなかで迫害や暴力や無差別テロに遭《あ》い、脅《おびや》かされた人たちが外国へ脱出しようと国境に集まっていました。許可が出ない人たちが難民となっています。

診療所の横で子どもたちが授業を受けています。元教師たちがボランティアで、就学前の幼児から一八歳までの若者たちを各グループごとに教育をしていました。教育は大事ですね。

一八歳の若者たちに将来は何になりたいかと聞くと、コンピュータの技師、薬剤師、医者になりたいという若者もいました。みんな目を輝かせているのです。

この難民キャンプから出ることもできず、国境を越えることもできず、一八歳の若者たちは大学に行けないのに、目を輝かせながら英語の勉強をしていました。彼らの困難な生活を引き起こしたアメリカやイギリスが使っている言葉を勉強していました。複雑な気持ちになりましたが、いつか英語が役立つ時がくることを祈りました。

「9・11」のテロ以降、やられたらやり返すという、憎しみの連鎖が広がっていますが、もうそろそろ憎しみの連鎖を断ち切り、新しい未来に向かって、若者たちのために希望の連鎖を起こさないといけないですね。そんなことを思いながら、子どもたちの診察をつづけました。

夕暮れがやって来ます。危険だとせかされます。診療所の前にはたくさんの老人や子どもたちが、列をつくっています。なんとも、慌《あわ》ただしく、悲しい別れになりました。

再びこのキャンプへ、時間をゆっくりかけて来なければいけない、そんな後ろ髪をひかれながら、デリゾールへ向かって砂漠のなかを走りつづけました。

同じ風景の砂漠のなかを走りつづけると、不思議なことにいろいろなことを考えます。

夜回り先生のことをいつも心配しています。胸腺にある病気のことも心配しています。自分の体のことをまるで考えずに、子どもたちのことばかり考えているあなたのことを心配しています。

少し、自分の時間をもち、体を休めてください。お元気で。

鎌田 實

シリアの砂漠のなかに残る遺跡

●──鎌田先生へ

博多《はかた》の夜の町で、若者たちは虚《うつ》ろな目でさまよっていました

鎌田先生、お便りありがとうございます。

今、朝の四時半、博多のホテルでこの手紙を書いております。私は、昨日の午後、対馬《つしま》での講演を終えて、この博多に入りました。対馬では夜、対岸にお隣の国、韓国釜山《プサン》の町の明かりが美しく輝いていました。

講演には、多くの中学生や高校生、大人たちが集まってくれました。子どもたちの素朴《そぼく》な笑顔に、輝く目にたくさんの元気をもらいました。

昨夜は、久しぶりの博多での「夜回り」でした。

鎌田先生、私の「夜回り」については、お話ししたことがあると思います。かつて、夜間高校の教員であったころはほとんど毎晩、今は金曜

「夜眠らない子どもたち」の非行防止のために
「夜回り」と呼ばれる深夜パトロールを続ける

と土曜の夜に、夜の世界の子どもたちとの出会いを求めて、夜の町を回っています。

昨夜は、一一時に「夜回り」を始めました。先生は、博多の町はご存じですか。まずは、キャナルシティ博多という繁華街からスタートしました。そして、中洲《なかす》の飲み屋街、長浜《ながはま》公園近くの親不孝《おやふこう》通《どお》りを回り、終電が終わった深夜一時過ぎからは、天神《てんじん》駅近くの大名《だいみょう》を回り、警固《けご》公園に入りました。

昨夜もまた、多くの若者たちとの出会いがありました。

キャナルシティでは、グループでダンスの練習に励む若者たちが、目を輝かせ汗だくになりながら、「先生、終電で必ず帰るよ。心配しないで。それより、今度大会に出るんだ。先生応援に来て」と、はじけるような声で、私に答えてくれました。

中洲では、数多くの「黒服」と呼ばれる客引きの若者たちと話しました。彼らに「昼の世界に戻ろう」と声をかけると、多くの若者たちが、「でも、仕事がないんだ」と哀《かな》しそうに答えました。「相談にのるよ」と名刺を渡しました。

終電後の天神周辺では、虚ろに座り込む多くの若者たちと話をしました。中学生や高校生もたくさんいました。彼らに、「夢は」と聞くと、「そんなのねえよ。どうせ俺らクズだから。親にも先公にも見捨てられてる。明日なんてどうでもいい。今が楽しければ」と多くの若者たちが答えました。でも、彼ら、彼女らの目は哀しみに沈んでいました。私は彼らにいいました。「水谷は、君たちを見捨ててないよ。君たちは、私より素晴らしいものを持っている。それは、若さ、人生の長さ。手伝うよ。明日をつくろう」そして、名刺を渡しました。

鎌田先生、世界一平和で豊かな日本の夜の町で、多くの若者たちが明日を見失い、そして苦しんでいます。そして、犯罪を犯《おか》したり、自《みずか》らを傷つけ死へと向かったりしています。哀しいです。

先生は、ずっと、旧ソ連のチェルノブイリの放射能汚染によって病《や》む子どもたちや、アフガニスタンで地雷によって身体に障がいを持つことになった子どもたち、イラクで国内の混乱からきちんとした医療を受けることのできない子どもたちのために働いていらっしゃいます。

先日お会いした時に見せていただいた子どもたちの写真、忘れること

ができません。チェルノブイリで死の床《とこ》にある子ども、アフガニスタンの地雷によって足を失った子ども……。つらかったです。
　でも、彼らの中に、私は、今日本の多くの子どもたちが失っているものを見ました。それは、目の輝きです。チェルノブイリの子どもの目には、家族の愛の中で今を生きる喜びが輝いていました。アフガニスタンの子どもの目には、将来医師になって仲間を救うんだという夢が輝いていました。
　鎌田先生、人間にとって一番哀しいことは、「忘れられること。気づいてもらえないこと」です。先生の活動のおかげで、世界の恵まれない子どもたちの存在が、日本で知られることになりました。私は、日本の夜の町で明日を見失い沈んでいく子どもたちの存在を、私の活動を通じて多くの人に知らせようと考えています。
　先生、こちらでは毎日のようにイラクでのテロの報道が続いています。先生がご無事で帰国され、お会いできる日を首を長くして待っています。

水谷　修

豊かだけど、若者が幸せを感じない国をつくってしまったのでしょうか

水谷先生、お元気ですか。

つい最近、パリで剣道を教えている変わり者の高校の同級生に会ってきました。彼は東大に入って三年でやめてしまいました。こういうの大好き。野に下る人とか、流されたり、くずれていく人間ってなんかひきつけられます。水谷修も同じ臭いがします。ごめん。

「ヤンキー先生」こと義家弘介《よしいえひろゆき》さんは、国の仕事をうれしそうになさっていました。国会議員になられてとても立派です。水谷修は立派にならない。勝手に決めて、ごめん。ごめん。だから安心なのです。眉間《みけん》にシワ寄せて夜回りしているあなたはステキです。

イラク難民キャンプへ行く飛行機の乗り換えの九時間を利用して、四年振りの再会。夜明けのパリの街を二人で散策しました。男同志です。好村兼一《よしむらけんいち》といいます。最近、時代劇小説作家としてデビューしました。『侍の翼』（文藝春秋刊）おもしろい小説です。読んでみてください。

ぼくは、おのぼりさん。はじめてのパリ。エッフェル塔や凱旋門《がいせんもん》など、観光案内をしてくれました。

セーヌの川べりのカフェでお茶を飲みながら、話をしました。フランスは住みやすいらしいのです。

WHO（世界保健機関）は、世界で最も効率性が良いのが、フランスの医療と発表しています。フランスの国民の六割が自国の医療に満足し、納得しているといいます。

日本の医療はとてもお寒い状況です。国民の医療に対する不信感や、不満感や、不安感が、医療費抑制とともに募《つの》ってきています。医療を提供する病院の医師や看護師はヘトヘトに疲れています。あたたかな医療を受けたい国民と、あたたかな医療をおこないたい医療者が、ともに不幸な状況に陥《おちい》っています。

外国で剣道を教えて38年、剣道8段の剣士と
田舎医者35年の変わり者の再会

フランスの週労働時間は平均三五時間だそうです。

一方、週四〇時間労働の日本。しかも異常に時間外労働が長い。「カロウシ」という言葉がそのまま英語にもなって、不可解な日本の代名詞になっています。

日本の病院の医師の労働時間は週六四時間、若手医師たちは平均九三時間。一五三時間働く研修医もいました。やがて燃え尽きていくでしょう。医師に余裕がなければ、優しい医療が広がるのはむずかしいと思います。

フランスの食料自給率は一二〇%を越しています。日本は四〇%を切っています。医療を大事にしないだけでなく、農業もこの国のリーダーは大事にしませんでした。一九六〇年に比べて農業就業人口は、四分の一になってしまいました。しかも半数以上が高齢者です。医療崩壊だけでなく農業崩壊も起きています。

世界一四ヵ国の青少年を対象にした調査によると、「今の状況は幸せですか」という質問に「はい」と答えた率は、調査実施国の平均が四三%なのに対し、日本人の一六〜三四歳の若者はたったの八%でした。際《きわ》立《だ》って低いのです。豊かな国であるはずなのに、幸せではないのです。

世界から奇跡ともいわれた経済成長を遂《と》げながら、この国のリーダーはバカ高い道路や無駄な道路はつくりましたが、教育や医療や農業や環境などを大切にしてきませんでした。

フランスでは、子どもをたくさん産んでいます。フランスではついに二〇〇六年の合計特殊出生率《しゅつしょうりつ》が二・〇〇五まで上昇しました。出産・育児に対して、国や企業の手厚い支援があります。

二〇〇六年の日本の出生率は一・三二。子どもも産めない。子どもが産まれないために、国の勢いも低下しています。子どもはチカラですよね。子どもは希望であり、子どもは国のタカラです。子どもを産めなくなっている日本。とても心配です。

子どものまわりで、小児科崩壊や産科崩壊などが次々に広がっています。教育は土俵際でこらえられているのでしょうか。

お便りお待ちしています。

鎌田 實

ぼくが診察に行くイラクの
難民キャンプ

●――鎌田先生へ

戦後の日本の発展は、自己否定の歴史。大切なこころと文化を捨ててしまったようです

鎌田先生、私は、今京都《きょうと》を中心に活動しています。先日お話しいたしましたが、京都の花園大学の教員として、教壇に復帰しました。「青少年問題論」と「比較臨床哲学」の二つの講義をしております。学生たちは、頭をかゆくしながら苦しんでいます。

先生、やはり現場は、教壇は最高です。子どもたちと知識の共有を通じながら、お互いを磨《みが》き合う。これが教育の醍醐味《だいごみ》です。でも、当然、「夜回り」も続けています。

ところで、私にもイタリアのミラノに大切な親友がいます。安西洋之《あんざいひろゆき》君といいます。大学の後輩ですが、卒業後、自動車関係の大企業に就職

宗教が持つ伝統的な力に気づいてほしい。寺院や神社には子どもたちのこころに響く何かがある

したにもかかわらず、数年で日本の企業の在《あ》り方に疑問を感じ、単身イタリアに渡航。自ら会社をつくり、今は、日本とヨーロッパの間の文化交流やデザインや商品交流のエージェントとして成功しています。彼は最近『ヨーロッパの目　日本の目』（日本評論社刊）という本も書きました。わかりやすくてとてもいい本です。私は、先生と同級生との再会の話を読みました、そして、彼のことを思い出しました。

年に数回、彼が日本に戻るたびに会っています。彼がいつもいうことがあります。

「ヨーロッパから日本を見つめると、いろいろなことが見えてきます。戦後の日本の経済的発展は、自己否定の歴史に見えます。戦後五〇年はすべての否定。文化や教育、経験や知識まで、すべての日本の伝統的なものは、非効率でかっこの悪いもの。美しい、良いものはすべて欧米のもの。そして、ただひたすら、その模倣《もほう》を繰り返してきたように見えます。ただ模倣するわけですから、開発費やデザインなどのコストは軽減され、その結果安価に。そして当然日本の製品ですから、高品質の商品をつくり出すことができ、それが世界中で評価されてきました。たしかに、ソニー、ホンダのような個性的な企業もありましたが、大勢《たいぜい》はそうではなかった。

それが、この一〇年変わってきています。さまざまな分野で、日本的なもの、模倣ではない独特のものをつくろうという機運が湧《わ》いてきています。でも、私は、成功しているとは思っていません。自動車にしても家具にしても、さまざまな分野で多くの新しい製品がつくられ、世界市場へと送り出されています。たしかに、それぞれはいいものなのだけれど、歴史の中に残るような何かを感じることができません。

これは、あまりにも長い間、日本人が日本的なもの、私たちの先祖が累々《るいるい》とこの地で築き上げた文化や知恵、こころを粗末《そまつ》にしてきたせいでしょう。ヨーロッパは違う。いつも過去のものを、自分たちのアイデンティティーとして大切に守り、そこに新しいものを積み上げていく」

私も、そう思います。

鎌田先生、日本にいてどこを見回しても、同じようなものしか見えません。若者たちのファッション、車のデザイン、ライフスタイル……。すべてが、日本人としての自己否定、日本的な文化否定に見えます。

私は、今大学の教壇で、学生たちを変えていこうと考えています。ですから、京都、しかも花園大学を授業の場として、選びました。ちなみに花園大学は、臨済宗妙心寺《りんざいしゆうみようしんじ》派の大学です。学内には禅堂もあります。ぜひ一度参禅にいらしてください。

私はかつて、高校の教壇で必ず生徒に教えていたことがあります。定価一〇万円のテレビを一万円で買って喜ぶこと、一本一〇円の大根を買って得したと思うことは、哀しいことだと。なぜなら、それをつくった人たちの汗と涙を、安く値切ったということですから。

鎌田先生、今、日本から「当たり前のことを当たり前に感じ、当たり前に生きる」という、このこころが失われています。私は、そのこころを学生たちに伝えます。

お会いできる日を、楽しみに待っています。

水谷 修

『雪とパイナップル』という ヘンテコな題の絵本を たくさんの大人が読みはじめました

花園大学の教授になられたのですね。おめでとうございます。

教壇に立つあなたの姿が目に浮かびます。水谷修という情熱的な哲学の先生に出会えて、花園大学の学生たちはラッキーですね。

とてもうれしいことが起きています。四年前にぼくが出した『雪とパイナップル』（集英社刊）というヘンテコな題の大人が読む絵本が、今頃になって二回増刷が決まりました。寂聴効果です。

瀬《せ》戸内《とうち》寂聴《じゃくちょう》さんがテレビで「泣けた、泣けた。八〇歳を過ぎて、人の本で久しぶりに泣いた」とおっしゃってくれました。寂聴さんが、ご自分の講演でも『雪とパイナップル』の話をしてくださったり、新聞や雑誌にも書いてくれました。なんだかおかしな風が吹きだしています。

白血病の少年が骨髄《こつずい》移植の治療中、敗血症の熱にうかされながら食べたいといったパイナップルを、日本人のスタッフが、経済の崩壊した貧しいベラルーシ共和国という国の、放射能汚染地の雪の街のなかで探しましたが、ありません。

町中の噂《うわさ》になりました。パイナップルがあたたかな連鎖のなかで、病院に届いたのです。少年はパイナップルを食べることができた。奇跡が起きた。退院ができたのです。しかし、少年は白血病が再発して死んでしまいました。

「大切なモノを亡《な》くしました。でも、でも……息子のために雪の街でパイナップルを探してくれた日本人がいたことを忘れません」とお母さんが、お悔《く》やみに訪ねたぼくに、泣きながら話してくれました。助けてあげられなかったのに感謝されたのです。

ニューヨークの「9・11」のテロ後、世界はぎすぎすし、憎しみや恨《うら》みが蔓延《まんえん》しています。憎しみは暴力や戦争を引き起こしました。どこかで、憎しみや恨みを棚上げにする必要があるのではないでしょうか。

お母さんが、亡くなった少年の写真を抱きながら、「日本人に感謝している」と語ってくれた

人間はひどいことをされても相手を理解することができます。相手を許すこともできます。自分が困難のなかに生きているのに、それを横に置いて人を助けることもできます。

『雪とパイナップル』をお送りします。お忙しいでしょうけど、読んでいただけるとうれしい。


本日、水谷先生の新刊『いいんだよ』（日本評論社刊）が届きました。いいですね。水谷修らしさがあふれている詩集です。

「がんばれ。傷ついた人に対して一番きついことば。がんばったから傷ついた。がんばれないから傷ついている。がんばらなくていいんだよ」

水谷修らしいあったかな視点です。

「いいんだよ。いつか私が子どもたちからいってほしいことば」

先生のこの言葉から一人の女医さんを思い出しました。『雪とパイナップル』にも出てくる、ゴメリ州立病院の白血病病棟の部長タチアナ先生です。ぼくと同い歳。気が合いました。彼女には口癖《くちぐせ》がありました。白血病の子どもたちを抱きしめながら、

「だいじょうぶ、だいじょうぶ、私がついている」

彼女自身が乳がんの骨転移をおこし、入院した時、白血病病棟の子どもたち全員がタチアナ先生に手紙をくれました。

「だいじょうぶ、だいじょうぶ、今度は私たちがついている。早く治ってください」

奇跡が起きました。よくなって彼女は再び病棟に立ちました。

水谷先生、きっといつか子どもたちから「いいんだよ」といってもらえる時がくると思います。

先生の詩集のなかに出てくる「幸せとはなんだろう」。これについては次の手紙でもう少し触れてみたいと思っています。

京都はいよいよ新緑が美しい時になっていることでしょう。お会いするのを楽しみにしています。

鎌田 實

チェルノブイリの放射能汚染が今も
残っているベトカの地域病院にて

だいじょうぶ、だいじょうぶ、がんばらない、いいんだよ、私の口癖になりました

●――鎌田先生へ

鎌田先生、先生のご本『雪とパイナップル』読ませていただきました。泣きました。そして、人間っていいものだなあと、つくづく思いました。思いやり、優しさ、いたわり合い、今私たちの社会が忘れてしまっているものを、たくさん思い出させてくれました。ありがとうございます。

そういえば、鎌田先生もご存じの通り、私の口癖は、「いいんだよ」です。教室で、夜の町で、哀しみや苦しみに沈む子どもたちに、数え切れないほどの「いいんだよ」をいい続けてきました。

鎌田先生、私は、先生のように医師ではありません。子どもたちの病《やまい》を治すことはできません。ですから、私にできることは、「いいんだよ」

「がんばらない　いいんだよ」と、
サインにメッセージを添える

と悩み苦しむ子どもたちのすべてを受け止め、ただそばにい続けることでした。

先生と数年前に知り合ってから、口癖がもう一つ増えました。「がんばらない」です。まさに先生の一番の口癖。私は、今もたくさん使わせていただいています。

多くの子どもたちが苦しむのは、がんばりすぎているから。がんばりすぎて苦しんでいる子どもたちに「がんばれ」ということは、その子どもたちをまさに否定していることになります。私のもとに夜中、相談の電話をしてくる多くの子どもたちに、「がんばらない、いいんだよ」と伝え続けてきました。多くの子どもたちが笑顔を取り戻し、昼の世界に巣立っていきました。

先生のご本を読ませていただいて、もう一つ口癖が増えそうです。

「だいじょうぶ、だいじょうぶ」

素敵なことばです。多くの子どもたちが、いや多くの大人たちもいってほしいことばです。これから、たくさんの子どもたちにいい続けたいと思っています。

鎌田先生、何か今の日本は、優しさやゆとりをなくしているように感じます。これは、耳を澄ませて、自分のまわりで使われていることばを聞けばすぐわかります。「何やってんだ」「だめだな」「いいかげんにしろ」「こんなこともできないのか」「もっとがんばれ」「困ったやつだ」「ばかだな」……、こんな人を傷つけることばが、氾濫《はんらん》しています。

匿名《とくめい》で参加できるインターネットのブログや掲示板では、「死ね」「消えろ」「うざい」……、人の存在そのものを否定することばが、溢《あふ》れるように書き込まれています。哀しいことです。ことばの恐ろしさをみんなが忘れてしまっているようです。

古代日本では、ことばは「言霊《ことだま》」といって畏《おそ》れ敬《うやま》われました。ことばは、それを発した人に責任を負わせます。また、ことばはそれを使う人の人格を変えていきます。「死にたい」といい続ける人には、死を求めてきますし、醜《みにく》いことばを使い続ける人のこころを醜く染めていきます。

鎌田先生、先生はご自分のすごさに気づいておられますか。私は、先

水谷　修

生をずっと尊敬し続けていますし、自分の兄のように慕《した》っています。それは、先生のそばにいると、先生のことばを聞くと、それだけで自分のこころが洗われ、そして癒《いや》されるからです。先生の目の優しさ、先生の発することばのあたたかさが、私のこころにいつも生きる力を与えてくれますし、それどころか、いつも苦しんでいる病からの痛みが消えていきます。

私の仲間たちが、このところ驚いています。私の目からだんだん厳しさが消え、優しくなってきているそうです。たぶん、先生と知り合うことができ、こうして手紙を交換しているせいだと思います。

私は今、講演や授業、夜回りや子どもたちからの相談で、一年に三〇万人近い人たちと触れ合います。私は、

「だいじょうぶ、だいじょうぶ、がんばらない、いいんだよ」

このことばを、日本中に広めます。優しいことばでこの国を染めていきます。

幸せはつくるもの。嘘《うそ》です。幸せは待つもの

水谷先生の新刊『いいんだよ』の「幸せ」について書いたところを繰り返し読んでいます。

「幸せはつくるもの。嘘です。幸せは待つもの。ただ、今を生きて待とう。幸せを待とう。ただ待てばいいんです。ただ生き抜いて待てば」

いいなあと思いました。ストイックで修行僧のような水谷修は、前向きに、「幸せはつくるもの」といい切ると勝手に想像していました。幸せはつくるものではなく、待つものと先生がいうとは思いませんでした。

「幸せ、それは君の中にあります。君の中に」
と詩は結ばれています。

なかなか自分のなかにある幸せが見えない時がある。チルチル、ミチルのように青い鳥を探し歩く旅を終えて家に戻ってきて、自分のそばに青い鳥がいることに気がつく。そのとおりのような気がします。

今ぼくらの社会は、待てない社会になってしまいました。好きな人の電話をじっと待つとか、好きな人の手紙をじっと待つなんていうことは、少なくなってしまいました。待ち焦《こ》がれるなんて、ステキです。ドキドキしながら待ちわびてみたいものです。

幸せを待つ時は、自分のなかに閉じこもっていてはダメ。自分を開くこと——自分のことを知って、自分を成長させながら、自分と未来を信じて、じっくりと待つことが、大事なのだと思います。

待つという行為のなかには、祈りや想いがあります。幸せは待つものだけど、熱い想いで待っていることが大事だと思うのです。ふてくされたり、なげだしたり、放置して待っていても、幸せはやってこない。

飛行機おじさんが、アコーディオンでロシア民謡を演奏してくれた。飛行機おじさんの家には、あったかな空気があった

待つ人の話をしましょう。

チェルノブイリの放射能汚染地に、ふるさとを捨てられない人たちが何人か残りました。村を去っていったり、亡くなったり、徐々に村人がいなくなって「埋葬の村」といわれました。地図からも消されました。

飛行機を飛ばしたいという夢をもっているおじさんが村に残りました。ぼくの『なげださない』（集英社刊）で、この飛行機おじさんのことを書きました。夢をもつ男。この男のことがなんとなく好きだった。大変なことが起きているのに、我関せずと自分のことにこだわっている男に興味があった。男の夢が達成することを願っていた。完成間近の飛行機。人のいなくなった村の畑を利用して、彼はすでに滑走路までつくり上げていました。

しかし、夢の達成が間近になった飛行機を、ある時彼は売り払いました。

村の美しい教会が燃えてしまった。誰かが放火したらしい。自分たち夫婦が死ねばこの村には人がいなくなる。でも、いつか村の放射能は消えるだろう。その時、この村の子孫の若者たちに村に帰ってきてほしい。

その時、飛行機よりも教会が必要だと男は考えた。飛行機を売り払ったお金で、教会づくりをはじめたのである。

男は幸せをじっと待っている。村がよみがえるという幸せ。村に若者たちが戻ってくるという幸せ。しかし、男は知っている。自分が生きている間、その幸せの光景を見ることができないということを。でも、男は待つ。

待つということは美しい。すべてをあきらめて、なげだして、偶然を待つのではなく、待ち焦がれながら、待ちわびながら、何か大切なことを待つ時、幸せは結構自分の近くにあることに気がつく。

水谷先生のすばらしい詩集『いいんだよ』のおかげで、いろいろなことを考えさせられました。ありがとう。

水谷先生、お体に気をつけてください。無理をしすぎないように。いつかお会いしましょう。ドキドキしながらお手紙、お待ちしております。

鎌田　實

人は、誰かを幸せにするために生きるんです

●――鎌田先生へ

鎌田先生、先生は、仕事でご一緒する時も、いつもノーネクタイ、カジュアルな服装を見事に着こなしておられます。先生の趣味の良い素敵な服装に感動していました。たぶん奥様がコーディネイトしておられるのだろうと勝手に思い込んでいます。

それに対して、私はいつもダブルのダークスーツに地味なネクタイ、代り映《ば》えがしない硬い服装です。

でも、このところ素敵な明るいブルー地の派手《はで》なネクタイをずっと着《つ》けていいます。いつもにやにやしながら。じつは、このネクタイは、素敵な若い女性から私への誕生日プレゼントです。ぜひ近々、にやけた若づ

子どもたちからの相談は
途切れることがない

くりの水谷を先生にお見せしたいです。

鎌田先生、私は、二〇〇四年二月に『夜回り先生』という本を出版し、日本で夜眠れずに苦しむ子どもたちのために、私の個人メールアドレスを公開しました。その本を出版して一ヵ月と少したったころ、京都の二一歳の女性からメールが届きました。

「水谷先生、これから死にます。最後に先生の声聞きたいです」

私は、書いてあった電話番号にすぐに電話を入れました。

彼女は、中学二年生の時に学校でひどいいじめにあい不登校に。高校には進学せずにそのまま引きこもりになってしまった子でした。引きこもりになってからは、自分の部屋の窓をすべて黒いビニール袋でふさぎ、太陽に当たることまで拒否し、暗い部屋でリストカットを繰り返しながら、生き抜いていました。私の電話に彼女はこう答えました。

「夜回り先生って本当にいたんだ。これで死ねる。だってね、私のお母さんとお父さん、私がこんなふうになったから、いつも哀しそう。私が死んだらきっとまた幸せになれる」

私はこういいました。

「先生は、そうは思わないよ。人のために何かしてみないかい」

すぐに電話が切られました。

その日から、私と彼女の電話での交流が始まりました。彼女は、毎朝眠る前に必ず私に電話をしてくれました。そして、少しずつ変わってきました。まずは部屋のビニール袋を外《はず》しました。次には、お隣に住むおばあさんのゴミ捨ての手伝いを毎朝するようになりました。

その三ヵ月後、彼女から就職の相談を受けました。

「先生、人のために何かしてごらんっていったよね。私働いてみたい」

私は、大学の先輩が京都でやっている老人ホームを紹介しました。そして、彼女は、一人の左半身マヒでことばも不自由なおばあちゃんの介助をすることになりました。彼女は生き生きと働いていました。

勤め始めてひと月もたたない夜九時、珍しい時間に彼女から電話がありました。電話からはじけるような彼女の声が響いてきました。

「先生、先生、先生。今日ね、私の担当のおばあちゃんがお昼にうんちをお漏《も》らししたんだ。おなかを壊してたみたいで、お尻《しり》がうーんと汚れ

てた。先輩たちは、拭《ふ》けばいいよっていってくれたけど、あんまりかわいそうだからシャワーできれいに洗ってあげたんだ。そしたら、おばあちゃん、洗っている間中、拝《おが》みながらむにゅむにゅって……。きっとありがとうっていってくれてたんだ。その後、ベッドにおばあちゃんを寝かす時、私の服の袖《そで》がめくれて、リストカットの跡が見えちゃった。そしたら一生懸命その傷跡をなでてくれた。わんわん泣きながら。

先生、生きててよかった。私、わかった。人は、誰かを幸せにするために生きるんだよね」

鎌田先生、今私が着けている派手なネクタイは、彼女が私に誕生日のプレゼントとしてくれたものです。秋に結婚する素敵な彼と二人で、私の勧める京都の大学に届けてくれました。

一日も早く、先生に見せびらかしたいです。

水谷　修

硫化水素による自殺の流行が早く止まることを願っています

●――水谷先生へ

水谷先生、感動でした。前回のお手紙、すごいと思いました。彼女はよく自殺のワナから抜け出ましたね。一人、心を受け止めてくれる人がいれば、人間は生きていける。そう確信しました。

引きこもりとリストカットから脱出して、介護のプロとなり、好きな人と結婚。うれしくなりました。今までは水谷修がいた。これからはパートナーが支えてくれるでしょう。秋の結婚式の日、夜回り先生は、人に見られないように泣くのだろう。きっと。

ぼくは今、ハワイに来ています。約一〇〇人の障がいや病気のある方をお連れしています。ボランティアです。はじめて四年になります。心の病の若い女の子も参加しています。一番ご高齢の方が九二歳。車椅子の方が二五人。旅をすると元気になる人が多いです。三年前、ほとんど歩けなかった人が、初夏のハワイ、秋の上諏訪《かみすわ》温泉とぼくといっしょに旅をつづけるうちに杖《つえ》をついて歩けるようになりました。

上山さんは八〇歳。脳卒中のために片マヒになっていました。一種一級、障がいは重かった。金婚式をハワイでしたいと夢をもちました。バージンロードを車椅子で歩くのではなく、自分の足で歩きたいと夢をもちました。リハビリを夢中になっておこないました。今日、見事に夢が実現しました。足を引きずって、二人は泣きながら歩きました。

ぼくの目にも涙があふれてきました。忙しいなかで、障がい老人とハワイや温泉なんて行ってられないよと思いながら、四年やってきてよかったと思いました。ぼくはそこにいるだけ。きっかけさえあれば、一〇〇人の困難を抱えた旅人一人ひとりが、自分で自分の人生をきちんと歩いていきます。人間は弱くて強いです。

前回、先生の『いいんだよ』を通して、幸せについて手紙を書きまし

夫婦のきずなで、脳卒中を克服した。
二人は生まれ変わっても再び、一緒に過ごそうと誓った

た。でも、でも、……幸せを語り合う前に、生きられない人たちがいる現実。食べていけない人たちがいる現状を、どう変えていくか。政治の貧困、この国のリーダーの国づくりは、どこかで間違ってしまったのではないでしょうか。

憤《いきどお》っていることがあります。派遣社員のシステムって卑怯《ひきょう》ですね。派遣社員で、なんとか生きつなぐことはできても、将来の安定は見えてこない。非正規労働者として働いて、息抜きにパチンコにはまる。パチンコ経営者は途方もない富をつかむ。お金がなくなると、サラ金へ。ここでも経営者は莫大《ばくだい》な富を得ている。薬に手を出す若者や援助交際に走る子もいます。

いろいろな仕掛けにむしり取られて、体も心も傷つけられ、誇《ほこ》りも奪《うば》われていく。派遣社員は厳しい毎日を送っているのに、派遣会社グッドウィルの経営者は外車を何台ももち、豪邸に住んでいる。悲しくなってしまいます。グッドウィルと東和リースは二重派遣をして、五〇〇〇円と二〇〇〇円の利益をそれぞれが得ていたらしい。ひどい。

豊かな日本のはずなのに、貧困率はOECD（経済協力開発機構）のなかで第二位といわれています。短期の派遣がつづくと、雇用保険にも入れず、仕事がなくなっても失業手当ももらえません。雇用される労働時間が正社員のおおむね四分の三を満たさない。わざと満たさせないようにしているのです。健康保険や厚生年金に入ることもできず、セーフティーネットから漏れている若者たちがたくさんいます。なんとも悲しい現実です。たとえ、健康保険や年金に入れても、派遣会社では働いても働いても、税金やいくつもの名目でお金を引かれると、生活保護費の約一二万円を下回ってしまう人たちが多いと聞きました。

硫化水素を使った自殺が二〇〇八年の四月だけで六〇人近いと聞きました。悲しい流行のようになりだしています。

最後に、先生の詩集『いいんだよ』の言葉でこの手紙を終わります。

ともかく生きよう。生きてさえいれば、いいんだよ。——そう思います。生きていてほしい。生き抜いてほしい。硫化水素の自殺の流行が早く止まることを願っています。

鎌田　實

どんな障がいがあっても旅はできる。海にだって入れる

今、若者たちが、生きていることに苦しんでいます

●——鎌田先生へ

鎌田先生、先生の出演されたテレビを見ました。先生が諏訪《すわ》の地で実践されている地域医療。患者さんたちが、先生を見つめる目、素敵でした。先生の患者さんたちを見つめる目、慈愛《じあい》に溢れていました。私も、もっと優しい目で、子どもたちと向き合わなくてはと、反省しました。

先生の番組の一方で、各テレビ局は、秋葉原での哀しい事件（二〇〇八年六月八日、東京の秋葉原の歩行者天国にトラックで突っ込んで次々と刺した無差別殺傷事件）の特集を放送していました。また、日本で、こんな事件が起こってしまいました。哀しいですが、私は、このような事件が、これからどんどん増えていくと確信しています。今、この国の

子どもたちを救うために、日本中を講演で駆け回っている。いつでもどこにでも一人で行く

若者たちが病んでいます。

人類はその誕生からずっと、二〇世紀の初めまで、生きるために、生き残るために、日々戦ってきました。貧困や飢《き》餓《が》、戦乱や災害に打ちのめされながらも、子どもたちを守り何とか生き残ろうと、日々を積み重ねてきました。いつも最も大切なことは、今日の糧《かて》を手に入れ、明日の糧のために働き、必ず訪れる自然な死を受け入れることでした。今でも、先生の関わっておられる、イラクやアフガニスタンの子どもたち、あるいはアフリカの子どもたちは、大人たちも、生き残るために日々戦っています。

しかし、これが第二次世界大戦後、アメリカやヨーロッパ、日本などの経済的に恵まれた国々で大きく変わりました。その日を生き、そして死を自然に迎えるまで生き残ることは、当たり前のことになりました。事故や災害、病気や犯罪に巻き込まれない限りほとんどすべての人が、生き残ることができるようになりました。

そして、人々の悩みは生き残ることから、どのように人生を生きるのか、過ごすのかという、人生の質に変わりました。

鎌田先生、まさに今五〇代、六〇代、私たち世代の青春時代です。多くの若者たちが、社会の矛盾《むじゅん》を解決しようと学生運動に身を投じたり、あるいは、文学や芸術の中に新しい価値観を求めたりしました。なかには、人生そのものの意味を見失い、自ら命を絶《た》った若者たちも存在します。たぶん、当時の多くの若者たちに共通していた想いは、この世界は、私たち一人ひとりの人間がつくり上げるもの。だからこそ、私たちの力で、この世界を平和で幸せなものにできるという確信でした。多くの若者たちが、人生を、この国の明日を、世界の明日を語っていました。

今これが変質してしまっています。先生、若者たちを見てください。若者たちのそばに行って、彼らが何を話しているのか、そっと聞いてみてください。彼らの話題のほとんどは、自分のことです。今日自分が何をしたのか、どんなテレビを見たのか、今、自分が何に苦しんでいるのか……。心を閉ざしてしまっています。

これは、とても危険なことです。私は「自分病」と呼んでいますが、自分について考え、悩み、語ることは、じつは意味のないことです。なぜなら、自分とは、自然や世界、他人など、他者との関わりの中でしか、見ることができないものだからです。また、他者との関わりの中でしか、成長することができないものだからです。

自分で自分を対象化してしまうと、自分の中に、他者としての見られる自分をつくってしまい、外に対してこころを閉ざし、二つの自分の間でのコミュニケーションで、世界や状況を考え判断してしまうようになります。本当は、私たちは、世界や状況に溶け合って生きているのに、孤立して、世界や状況に対峙《たいじ》してしまいます。ここには、救いはありません。哀しい、寂しい孤立をしてしまうことになります。そして、その孤立に耐えかね、病み、自ら命を絶ったり、人を殺してしまったりすることもあります。

鎌田先生、若者たちに伝えましょう。私も伝えます。人は誰かのために、誰かを幸せにするために生きるのだと。

先生、早くお会いしたいです。語り合いたいです。

水谷　修

中流崩壊

「秋葉原で人を殺します。車でつっこんで、車が使えなくなったらナイフを使います」

そう犯行予告を携帯サイトの掲示板に書き込んだ容疑者二五歳。

「時間です」という書き込みを最後に、彼は七人を殺し一〇人にケガを負わせた。

「作業場行ったらツナギが無かった　辞めろってか　わかったよ」

自動車工場の派遣社員だった。首切りがおこなわれるという噂があり、不安だったのだろう。作業服がなくなっているのを解雇と勘違いしてしまった。

「騙《だま》すのには慣れてる　悪いね、店員さん」

こう書いたのは、レンタカーを予約した時だ。

ぼくは新刊『なげださない』で、ウエットな資本主義が大切だと書きました。資本主義は放っておけば、弱肉強食のドライな世界になってしまう。だからこそ社会をウエットで優しくしておく必要があるのです。国の土台のところにあたたかな血を通《かよ》わせないまま、激しい市場主義や競争主義だけを展開すれば、必ずぎすぎすとした世界になってしまうと危惧《きぐ》したからです。

二一世紀になってから、ぼくたちの国はとても住みにくい国になってきているように思います。

水谷先生、ぼくは怒っています。どうしてなんだ。殺された人がかわいそうすぎます。どうしてこんな事件が起きてしまうのか。よくわかりません。

前回の手紙でも、派遣という仕事の仕方を卑怯なシステムだと書きました。効率よく安い賃金で若者を働かせ、いつでも仕事がなくなると辞めさせることができる。この卑怯なシステムを改善しない限り、次々と

信州は新緑におおわれだした。美しい初夏。亡き父の名をつけた岩次郎小屋の巣箱で、今年も新しい命の誕生があった

様々な問題が起こると心配しています。予感のようなぼくの不安が、今回現実のものとなってしまいました。大変残念です。もちろん、この容疑者に同情の余地はありません。

資本主義にとって大切なことは、厚みのある中流をつくることです。かつては中流意識の強い国民でした。たいして贅沢《ぜいたく》な生活をしていない人でも「自分は中流」という人が多かったのです。とても大切なことです。多くの国民が、中流の上であったり、中流の中であったり、中流の下であったりする。豊かではないのに、一億総中流意識の幸せな国でした。

中流の厚みが大事なのです。中流のなかにいるという意識が大事なのです。

しかし小泉純一郎《こいずみじゅんいちろう》政権以降、激しい新自由主義が導入されることによって、ちょっとしたはずみで中流から脱落する人がたくさん生じてしまっています。高齢者や働き盛りの中年層が、黙って悲しみのなかで生活しています。

一番大きな被害を被《こうむ》っているのが、二五歳から三五歳くらいの若者たち。ワーキングプアの人たちです。この人たちが悲しみのなかにいるのです。

働く貧困層・ワーキングプアは、全国で五〇〇万～七〇〇〇万人と推定されています。生活保護世帯が一〇〇万を突破し、生活保護受給者層は一四二万人、ニートは六四万人。ニートのこと、水谷先生、もっと知りたいです。

国の冷たい政策のため、ブアツイ中流が壊れ、たくさんの人たちが脱落していきました。一握りの超お金持ちをつくり出すために、かけがえのないたくさんの中流を崩壊させてきました。

ビッグな少数のお金持ちよりも、贅沢でない、しっとりとした生活をする心豊かな中流をブアツクするような社会システムをつくるべきです。環境を守るためにも。質素だけど美しい日本がいい。

水谷先生、今日は怒りの心のまま、ペンを置きます。

鎌田 實

子ども崩壊

●――鎌田先生へ

鎌田先生、初めて怒る先生を見ました。先生の怒り、よくわかります。

私たちの国は、一九九一年のバブル経済の崩壊からずっと、大企業を手厚く保護し、大企業の国際競争力を増すことが、ひいては国の富を増やし、いずれそれが国民に還元され、国や国民が豊かになることになるという神話のもとで、規制緩和などの経済の急速な自由化を進めてきました。

企業への課税を抑え、企業の一番の支出である人件費の軽減のために、それまでの慣例であった企業の終身雇用制度にまでメスを入れ、経済的に不安定な派遣労働者を数多くつくり出しました。しかも、その派遣労

「夜眠れない子どもたち」からの相談メールには、必ず返信を送っている

働者の多くは、本来なら、自分の人生や自分の勤める企業の繁栄、この国の明日を、最も熱く考え、語るはずだった若者たちでした。

こうして、今私たちの国では、「勝ち組」「負け組」がはっきりと分かれる、格差社会が生まれてしまいました。

また、そのしわ寄せは、私たちの国にとって、大切な宝物である、そして未来への希望である、子どもたちに最も重くのしかかっています。

この経済政策は、優秀で冷徹な政治家や経済学者にとっては、最高のものだったかもしれません。でも、彼らは、最も大切なことを忘れていたようです。それは、どこまで国民が耐えられるかということです。

私たちの国で、今、多くの若者たちが、夜眠ることができず、自らのからだをリストカットで傷つけ、死へと向かっています。私は、彼らを「夜眠れない子どもたち」と呼んでいます。すでに、一〇〇万人を越え、さらに増え続けています。明日を見失い、生きることの意味をも見失い、生きていることに苦しみ、自らを傷つけ、その痛みの中で、やっと自分の存在を確認して生き抜いています。

今、日本の中学校、高校で、このリストカッターのいない学校は、まず一つもないでしょう。

私は、今から四年五ヵ月前に大きな勝負に出ました。本を出版しあらゆるマスコミを通じて、私のメールアドレスを公開しました。以来、(二〇〇八年六月までに)延べ四七万通の相談メール、電話は数えきれません。延べ一六万五〇〇〇人の若者たちと関わってきました。でも、残念ながら、五六人の尊《とうと》い命を失いました。

今私たちの国の子どもたちが崩壊しています。多くの子どもたちが、明日の夢を見ることもできず、こころを閉ざしています。

鎌田先生、今私たちの社会は、とても攻撃的でいらいらしています。多くの親たちは、不安定な雇用状態の中で、給料は上がるどころか下がり続け、しかも、健康保険や年金、税負担は増加しています。そして、いらいらしています。

そのいらいらが、DV(ドメスティック・バイオレンス)といわれる家庭内暴力や幼児虐待の急増、離婚家庭の増加など、子どもたちの一番大切な安らぎの場であるはずの家庭で、最も弱い子どもたちにぶつけら

れています。

また、子どもたちの第二の居場所であるはずの学校でも同様です。急激な教育政策の転換や文部科学省による教員への管理主義の徹底が、教員たちを疲《ひ》弊《へい》させ、学校まで教室まで、いらいらした場所になっています。それが、いじめの多発や児童・生徒の不登校、自殺を引き起こしています。

私は数年前に、日本の経済界のトップに立つ世界的大企業の会長と話す機会がありました。私は、彼にこう伝えました。

「いかに優秀な生徒を、たくさんのお金をかけてつくり、それが、あなた方企業を繁栄させることになったとしても、この国で多くの若者が犯罪を犯したり、引きこもりになり、自殺をしてしまえば、私たちは、どれだけの資産を失うことになりますか」

鎌田先生、私も少し怒っているようです。

水谷 修

人間の心のなかには獣《けもの》がいる

水谷先生、怒りがおさまりません。

心ユタカデ、ブアツカッタ「中流」の「崩壊」を起こさせてしまった国づくりが納得できません。日本のタカラだった国民皆年金制度も崩壊寸前。医療保険制度も土俵際です。どんなにいい制度でも、ブアツイ中流がいなければ守れない制度なのです。

職種が限定されていた派遣の規制緩和がおこなわれ、派遣労働者が三〇〇万人を超えました。電話一本で派遣され、電話一本で首を切られるのです。

鬱病《うつびょう》ほど重くはないけれど、欝的な人が八人に一人の割合でいるといわれています。心の病が最も多いのが三〇代で、全体の六〇%を占めるといわれています。鬱病のために正式雇用から派遣に移った方もいると聞きます。派遣の不安定さが鬱病を起こさせることもあります。吹き溜《だ》まりのようなことが起きているような気がしてなりません。

　金融業者からたくさんのお金を借り、多重債務に陥っている人が二〇〇万人。ドメスティック・バイオレンスも多くなっています。みんながイライラしているのです。母子家庭は一二二万世帯（二〇〇三年現在）と増加しています。

　児童虐待も多くなっています。つい最近、最新のデータが発表されて、虐待数は年間四万件を超えました。自殺の数と同じように、実際はもっと多いと思います。虐待が起きる原因はいろいろです。一人親家族、貧困、孤立、夫婦不和、育児疲れ。

　水谷先生、虐待のこと、どう考えたらいいのでしょうか。

　人間の心のなかには獣がいるとドストエフスキーが『カラマーゾフの兄弟』のなかでいっています。ぼくのなかにも獣がいました。一八歳の

サンクトペテルブルクにあるドストエフスキーの
住んでいた家にて

時、父の首を絞めかかりました。大学に行かせてくれない父に怒ったのです。憎みました。理不尽な怒りでした。ぼくにはぼくの理由があったにしろ、一歳の時に捨てられて行き場のないぼくを、拾って育ててくれた父の首に手をかけるということは、絶対にしてはいけないことだったのです。

家族の秘密を知ってから、自分のことをどうしようもない人間、「人間失格」と思いました。

大学に行けない理由は貧困でした。貧しいということは悲しいことです。貧困が獣を暴れやすくします。ほかにも、戦争なども心のなかの獣を暴れさせやすくします。

もちろんブアツイ中流があった時でも、獣が暴れだす理不尽な事件はありました。人間が生きている限りゼロにはならないと思います。人間の心のなかには獣がいるのです。

だからこそ、獣をできるだけ暴れさせない社会的システムが必要なのだと思います。

水谷先生。働きたいのに働けない若者を放っておいて、良い国とはいえないですよね。

ワーキングプアを増やして企業の収益性を上げるよりも、ブアツイ中流をつくることが大事です。その中流が消費を生み出し、経済が良い回転をしていくとぼくは信じています。

中流を分断し、壊し、ごく一部の人だけが豊かになるような社会をつくっても、安心、安全、居心地の良い日本にはならないと思います。

ぼくたちの国のリーダーは、国づくりを決定的に間違えてしまいました。この二〇〜三〇年、外国に打ち勝つために激しい競争をしてきた。これは資本主義としては間違ってはなかった。でも、リーダーたちの大きな間違いが一つあります。厳しい競争を支えるあたたかな土台をつくってこなかった。国家の土台にあたたかな血を通わせてこなかった。それが秋葉原の事件にも関係していると思えてなりません。

行き場のない怒りがつづいています。怒りのまま、今日もペンを置きます。

鎌田 實

私は、人のこころの中にある優しさ信じます

●——鎌田先生へ

　鎌田先生、私は「七〇年安保闘争」のころ、中学生でした。そのころ、横浜《よこはま》で教員をしていた私の母は、被差別部落や在日朝鮮人の方々のために、識字《しきじ》教室を仲間たちとやっていました。私も手伝いました。そして、社会の不平等に怒りを覚え、学生運動に参加しました。

　日米安全保障条約更新のための佐藤栄作《さとうえいさく》首相渡米反対闘争では、最年少の逮捕者として留置所にも入りました。でも、闘争の結果は、ご存じの通り敗北でした。私の多くの先輩たちが、その失意の中で、さらなる過激な活動へと入っていきました。そして、多くの若者たちの尊い命と人生が失われました。

2008年7月13日、東京国際ブックフェア会場で、「『好感日記』に込めた思い」と題しておこなわれたトークショー

私は高校に入学した後も、学生運動を続けていました。

しかし、高校二年の時に事件が起きました。私の親友が自殺したのです。ともに、平和で平等な日本をつくるんだと、日々熱く語り合った大切な親友であり、同志でした。当時、すでに高校での学生運動は下火でした。一般の生徒たちは、誰もついてきてくれません。そんな失意の中で、彼女は、自分の死で、みんなに想いを伝えようとしました。無駄死にでした。

私は、すぐに学生運動から、身を引きました。「総括」という名前のリンチを受けましたが。私は気づきました。いかに、日本の政治体制が社会主義となって、国や企業の富を平等に分け合い、平等に国民が生きることになっても、人間に欲望がある限り、鎌田先生の書かれた通り、人のこころの中に獣がいる限り、本当の幸せがすべての人のもとに訪れることはないということに。

これは、今歴史が、ソ連邦の崩壊などの社会主義の敗北として証明しています。本当の幸せは、人のこころを優しく変えることからしか生まれないということです。

そして、私は、拳《こぶし》を振り上げることをやめました。教員として、一人でも多くの子どもたちのこころに優しさの種を蒔《ま》く道を選びました。

第二次世界大戦の敗北まで、日本は、国家資本主義、帝国主義に染まっていました。植民地を獲得し、そして支配し、国家の繁栄を築く。当然奪うことのできる植民地には限りがあります。その飽和状態であの戦争が起き、そして、失敗しました。戦後の日本は、社会民主主義国家、福祉国家を目指し、それなりに成果をあげました。たしかに国民の生活は安定し豊かになりました。ただし、世界の多くの発展途上国を市場として、安価な労働力や資源の供給源として、食いものにしてきました。

今、それが崩壊しつつあります。かつては植民地でしたが、今は、世界経済が飽和状態となっています。もう新たな市場や富をつくり出すことは、難しくなっています。資源も底をつき始めました。かといってかつてのように戦争で奪うこともできません。もう、日本の中で、強い者、持てる者が、弱い者、持たざる者から、奪うしかない状況になっています。

講演やトークショーでは涙ぐむ人も多い

そして、実際にこの動きが、格差社会の広がりという形で私たちの前に現れてきています。私はこの形態を、個人資本主義と呼んでいます。

でも、鎌田先生、私はまだ人間のこころの中の優しさ信じています。私が、このところ講演で子どもたちに伝え続けていることがあります。それは、「私たちの命は、自分のものではない。私たちの人生も。預けられたものなのだ」ということです。

長い人類の歴史の中で、今を生きている私たちは、幸運です。数え切れないほど多くの人たちが、歴史の中で、命を捨てて守ってくれたからこそ、命の糸をつなぐことができました。私たちの命は、歴史の中で、無念の死を遂げざるをえなかった多くの人たちから託された命なのです。

私の話を聞いて、多くの子どもたちが涙を流してくれます。私は、この涙に希望を持っています。

水谷 修

好感日記

Part 2

●——水谷先生へ

日本の若者たちのすばらしさに感動しています

水谷先生お元気ですか。

今ぼくは北極圏の船の上にいます。一二歳から九九歳までの幅広い年代の九五〇人と、ピースボートという船で旅をしています。ピースボートは長い船旅を通じて地球上の問題を学んだり、国際文化交流を深めたりする、ＮＧＯ（非政府組織）活動の一つです。

オランダのアムステルダムから合流しました。第二次世界大戦のさなか、『アンネの日記』のアンネ・フランクが二年間隠れた屋根裏部屋を見てきました。狭い部屋で八人の人間が、下で働いている人々に気づかれないように息を殺して生きていた。どんな我慢をしてでも生きたいと思ったアンネ。いつか平和な社会ができたら、有名な作家になりたいと思っていたアンネ。しかし、密告によってナチスに捕まり、収容所へ入れられ、チフスで亡《な》くなりました。

とにかく戦争はいいことはありません。アムステルダムでオランダの平和運動家約一〇〇名とディスカッションをしました。ドイツ・ナチスによるユダヤ人の大量虐殺、ホロコーストを経験したオランダの元国会議員とも、すべての差別をなくさなくてはいけないと語り合いました。

アイスランドの有名な作家で環境活動家のアンドリ・スナイル・マグナソン氏と地球の環境と平和について語り合いました。アイスランドの電力は、一〇〇%自然エネルギーでまかなわれています。水力発電と地熱発電です。アイスランドの安い電力が世界のアルミ・メジャーといわれる軽金属工業に狙われた。経済のグローバル化は丁寧《ていねい》に生活をしている人々の仕組みを壊そうとしていると、マグナソン氏は怒りをあらわにしていました。彼は日本の憲法九条を知っていました。大変高く評価してくれました。

美しくて、健康で、豊かな国づくりに成功しているかに見えたアイス

グリーンランドの山にわずかに残る氷河が見える。その氷河が解け、北極海に氷山として流れ出している。北極は想像を超えて、あたたかかった

ランドは、金融崩壊で国家存亡の危機に直面しています。

日本の若者たちのパワーに圧倒されています。平和のことを学ぶ若者のグループができました。若者たちは憲法九条をダンスにしました。すばらしいパフォーマンスです。各寄港地で絶賛です。若者たちは崩れていません。礼儀正しく、活動的です。

多くの若者がローンを組んで船に乗って来ています。一〇〇日間世界一周です。ベトナムでは当地の若者と日本の若者が一対一で旅をしたそうです。片言の言葉で交流し合う。ワクワクするような企画がいっぱい張りめぐらされています。

アイスランドはポカポカの陽気でした。グリーンランドの氷河もものすごく解《と》けていました。一週間ほど前まであった北極海の氷山がほとんどなくなっている。地球温暖化を実感しています。アラスカ、ロシア、カナダ、グリーンランドにいる先住民イヌイット一六万人の代表とも会って話をしました。氷がなくなって伝統的な生活ができなくなりだしている。クジラもエビもみんな北へ移っている。北極グマが氷に流されてきて村に出没するようになった。住民にとって危険が増していました。先住民の生活と心が傷ついていました。若者のアルコール依存や、自殺が多くなっているという。南に住む人々が地球をこれ以上汚すなら、イヌイットは生きていけなくなるだろうといっていました。

時間に追われているぼくが、なぜ時間をやりくりしてまで北極を目指したのか。それがだんだん見えてきました。いつか時間をつくり出して『ドリームプラネット』という小説を書きたい。四六億年の地球の歴史のなかで、三八億年の生命の営《いとな》みが土俵際に追い込まれている。それを小説という形でうまく書けないだろうか……。

あと一週間ほどで日本に帰ります。北極点が今夏、はじめて海に沈むという悲しい予測がイギリスの新聞に載《の》りました。北極圏を航海するなかで、それは悲しい確信に変わってきています。地球号は間違いなく危険水域に入りだしました。日本は暑いでしょうね。

熱帯夜のなか、夜回りをする水谷修先生へ。北極より愛を込めて。

鎌田 實

イヌイットの若者が見せてくれた
マスクダンス

●——鎌田先生へ

一人の人間の優しさが、きっと世界を変えることができます

鎌田先生、もう北極から日本にお戻りになりましたね。お会いして、たくさんのお話をお聞きしたいです。

私のほうは、ずっと暑い日本各地を講演で回りながら、その合間をぬって日本の政界や財界の中心にいる人たちに面会を求めています。現在の追いつめられつつある子どもたちの状況を説明し、理解と助けを求め続けてきました。

面会した多くの人は、私の伝える子どもたちの状況に驚き、何か動かなくてはならないという意識は持ってくれたようです。でも、ほとんどの場合、私にとっては虚《むな》しい答えしか返ってきませんでした。

トークショーの後、参加者と語らいながら色紙にサインする

「まずは日本経済の立て直しが先で、それさえ終われば、国内の景気は良くなり、国民生活が安定し、そのような問題は収束する……」

私は、一言だけいつもいわせてもらいました。

「でも、国民の何割かは、とくに子どもたちは、それまで持ちこたえることができません」

鎌田先生、そんななか、素晴らしい一人の九〇歳を過ぎた財界人とお会いすることができました。北海道の建設業界の中枢《ちゅうすう》にいた方です。

彼は、日中戦争（一九三七～一九四五）の時に、関東軍の情報担当の将校として、中国東北部に従軍していたそうです。敗戦と同時に朝鮮半島を目指して敗走、その途中、現在の朝陽《ちょうよう》市付近で病気で動けなくなり、本隊とも離れ、山野をさまよい、意識をなくしたそうです。目をさますと、貧しい農家のただ一つの寝台に寝かされていて、その農家の人たちが、食べ物を勧《すす》めてくれたそうです。その食べ物は、白飯でした。中国では、当時どの家庭でも、家族の末期《まつご》のたむけとするように、一杯分の白米は、どんなに貧しくても用意しておく。その大切な白米を、敵国のしかも軍人に食べさせてくれたそうです。そして、体力の回復を待って、送り出してくれたそうです。

無事に日本に戻り、北海道の帯広《おびひろ》の地で、建設業で財をなしました。彼はいっていました。「戦後一時もあの中国での出来事を忘れたことはなく、いつか恩返しをしたいと考え続けていた」と。

彼は、日中国交回復後、渡航できることになってすぐに朝陽市を訪れ、あの農家を探したそうです。でも、見つかりませんでした。案内をしてくれた市の幹部に、何か恩返しをしたいと伝えると、学校に案内し見学させてくれたそうです。ぼろぼろの校舎で鉛筆やノートもない中で、目を輝かせて学ぶ子どもたちが、そこにはいました。

鎌田先生、彼はそれから何をしたと思いますか。なんと朝陽市に学校を建設し、貧しい子どもたちへの援助を始めたのです。それは、今でも続いています。

先年、中国各地で日本排斥《はいせき》の運動が起きた時、朝陽市にも、その集団が入ろうとしたそうです。その時に、彼が援助し教育を受けさせた二十数人の人たちが、町にその集団が入ることを止めたそうです。

命の続く限り多くの子どもたちに会い、
優しさを配り続けていく

「この朝陽で、日本人の悪口をいうことは、許さない。この町には、日本人を悪く思う人はいない。多くの人たちが、多くの子どもたちが、ある一人の日本人の熱い援助で、明日を拓《ひら》き、今も明日をつくっている。もし、どうしても、朝陽に入るのならば、私たちを殺してから入りなさい」

私は、彼の前で泣きました。

鎌田先生、私は、すべての人のこころの中に、優しさがあると信じています。今は、権力や富、名誉への欲望で見失っていても、過去の出来事で曇《くも》らされていても。私は、これからも一人でも多くの人に、多くの子どもたちに会い続け、優しさを語り続けていきます。

鎌田先生、ぜひ一度私と、朝陽市の彼の学校へ行きましょう。優しさを分けてもらいに。

水谷　修

教育を大事にする、あたたかな社会をつくりたい

●――水谷先生へ

水谷先生、お元気ですか。

中国に恩返しをして、学校をつくっている財界人の話、感服しました。朝陽市へ行ってみたいですね。かつての不幸をぬぐいさるにはお互いが、信頼をいく重《え》にも重ね合わせることが必要だと思っています。

先生に昨年ご講演をしていただいた諏訪《すわ》中央病院看護専門学校に中国から留学生が来ています。彼女が話してくれました。

「私が日本へ勉強に行くといった時、親戚の人が日本は恐《こわ》い国だから行くなといいました。私は自分の目で見てみないと本当にひどい国かわからない。なんといわれても自分の目で確かめたいと思いました。私は日

本に来てよかった。とてもよくしてもらっています。大地震（二〇〇八年五月一二日に起こった四川《しせん》大地震）のカンパも感謝しています」

　教室中から拍手がわきました。彼女が、そんな思いまでして日本に来たことを、みんなははじめて知りました。


　教育の話をしようと思います。五年間で、教員を二万五〇〇〇人増やすという計画が発表されました。決定ではありません。単なる計画案ですが、とてもうれしい。

　国の教育支出額は現在ＧＤＰ（国内総生産）比三・五％です。これを五％にする計画のようです。小中高教育の充実だけではなく、大学教育も充実させる。七兆円をあてるという計画のようです。ものづくりの国として、教育はとても大事です。

　給食費を払わない親がいるといいます。教師たちがものすごく時間を奪《うば》われ、嫌な思いをして親を説得し、鬱《うつ》になる先生がいるらしいですね。モンスターペアレントだけでなく、本当に貧しくってお金が出せない家もあるはず。子どもたちの給食費をすべて無料にしてしまうのも一

夏休みなのに中国に帰れなかった留学生と森のなかのレストラン「カナディアンファーム」でランチ

案です。

道路特定財源の一般化に期待しています。五兆四〇〇〇億円を教育と医療と介護に使う。やれないことはないと思います。

道路財源は道路特定財源以外にも税金から二兆円、料金収入から一兆円あるのです。道路づくりの啓発ミュージカルや官舎の新築や公用車四一二三台など、想像を絶する巨額のムダをストップできれば、どうしても必要な道路はつくれるはずです。道路行政の地方分権化をすすめれば、一万人近い国土交通省のお役人を減らせる。

国交省北海道開発局長が逮捕された。天下りしたOBが自分たちの利得のために、企業と国の間で暗躍する。自分たちの天下りポジションを守るために、企業に甘い汁を吸わせる。こんな汚《きたな》い世界をなくせば、教育にお金を回せるはずです。

一九二六年に書かれた内村鑑三《うちむらかんぞう》の成功の秘訣一〇か条のなかに、「成功本位の米国主義に倣《なら》ふべからず、誠實《せいじつ》本位の日本主義に則《のっと》るべし」というのがある。これすごいですね。

成功主義、市場経済、競争主義はさらに激烈《げきれつ》になり、新自由主義を生み出した。小泉純一郎《こいずみじゅんいちろう》政権も安倍晋三《あべしんぞう》政権も、内村鑑三の教えとは反対の新自由主義に飲み込まれていった。

この国は徐々に荒《すさ》んでいったように思います。誠実本位の日本流のウエットな資本主義にこだわるべきだと思います。

グローバルスタンダードという言葉にだまされないこと。国の土台にあたたかな血を通《かよ》わすこと。まず教育です。

一生懸命に働くこと。弱い人を大事にすること。みんなが使うところをきれいにすること。あいさつをすること。家族や友だちを大事にすること。環境、平和を大切に守ること。グチをいわない。悪口をいわない。いじめない。

全部当たり前のことですね。学校や家庭や地域の教育力が豊かになれば教えられるはずです。

ウエットな資本主義が広がることを願っています。

鎌田 實

寂しい哀《かな》しい夏休みを過ごす子どもたちに笑顔を

●——鎌田先生へ

鎌田先生、小学生や中学生のころ、先生にとって夏休みはどんな思い出がありますか。私には、たっぷりと楽しい思い出があります。

私は、三歳の時に父を失い、母一人では私を育てることができないため、山形《やまがた》の祖父母のもとに預けられました。マッチ箱のような小さい家、貧しい生活でした。食べ物も十分ではありません。いつもおなかをすかせていました。一番つらかったのは、遠足の時です。お弁当は、麦のたっぷり入ったご飯に梅干し。いつも恥ずかしくて、一人で食べていました。

そんな私にとっても、夏休みは最高の時でした。田んぼでドジョウを

講演先の繁華街でも「夜回り」をする姿がある

捕り、近くの家に売りに行く。アルバイトです。仲間たちと川で遊び、とんぼ捕りやせみ捕り……。朝早くから日が暮れるまで遊び回っていました。そして、お盆には親戚の家で、たっぷりとおかずつきのご飯が食べられます。

鎌田先生、今のこの恵まれた日本の子どもたちにとっても、夏休みは楽しい時でしょう。

昨日は、海の近くの町で講演でした。車で会場に向かう途中、海水浴場の前を通りました。数多くの子どもたちが、家族や友だちと楽しんでいました。今、こうやって手紙を書いている事務所の隣は、公園なのですが、多くの子どもたちが、歓声を上げながら遊んでいます。お祭り、花火大会、盆踊り、家族旅行……、夏休みは、子どもたちにとって一年で一番幸せな時でしょう。

でも、鎌田先生、この夏休みが、一年で一番寂しい哀しい時である子どもたちが、この豊かな日本にもたくさん存在することを知っていますか。

私は、数年前の七月の終わりに、ある児童養護施設を訪れました。その施設では一〇〇人近い、小、中、高校生が生活をしていました。どの子も、親のネグレクト（育児放棄）や虐待、あるいは両親を亡くして、あるいは両親に捨てられて、また、経済的理由から親と生活できないなど、いろいろな事情を持った子たちです。

私は、その施設で子どもたちに講演をしたのですが、そこには、子どもの親たちも二十数人来ていました。講演後、その親たちが、自分の子どもを連れて、職員の人たちにあいさつしながら帰っていきました。夏休みの一時帰宅でした。

施設に残る子どもたちは、帰る子どもたちに、「いっぱい楽しんできて」「おみやげ、楽しみにしてるよ」などと、元気いっぱい声をかけていました。

でも、その姿が見えなくなると、数人の小学生の子どもたちが、泣きながら部屋へと走っていきました。そして、ベッドの中で枕《まくら》に顔を埋めながら泣いていました。彼らも、帰りたいのです。親のもとに。でも帰ることのできない子どもたちでした。私も泣きました。

鎌田先生、私はそれ以来、各地の青年会議所の若者たちに手伝っても

らいながら、三つのことをしています。

一つは、サンタクロース大作戦。私が講演に行った町の青年会議所のメンバーに、クリスマスにケーキとプレゼントを、その地域の児童養護施設に贈ってもらっています。

二つ目は、図書館建設。出版社の人にお願いして、少し傷ついて戻されたマンガの本や単行本で、子どもたちにふさわしいものを、ストックしておいてもらい、それを夏休みに施設に寄贈しています。本棚は子どもたちと青年会議所のメンバーの手づくりです。

三つ目は、バーベキュー大会。夏休み、私と仲間たちとで施設を訪問し、スポーツ大会で汗を流した後、バーベキュー食べ放題です。当然すいか割りもあります。

じつは来週、友人の赤井英和《あかいひでかず》さんと京都《きょうと》の施設に行ってきます。いつか機会がありましたらそのご報告をいたします。

今、先生はチェルノブイリですね。おからだ、ご自愛ください。

水谷 修

いじめはなぜ起きるのでしょう

●――水谷先生へ

水谷先生お元気ですか。

ぼくは今年、福岡《ふくおか》で高校生たちに「教科書にない一回だけのいのちの授業」をしてきました。

去年は、二人の子どもが殺される悲しい事件が起きた秋田県の藤里町《ふじさとまち》という小さな町で講演をし、近くの二つの高校を回りいのちの授業をしてきました。授業が終わった後、TBSテレビの三時間番組、命の特番に出演するため、校庭にヘリコプターが待機し、空から東京のスタジオに向かったことを覚えています。

できるだけ離島や過疎《かそ》の地域の高校を回りたいと思っています。

「この学校にいじめがあるかどうかわからない。いじめがあったとしても、いじめをやめろという勇気を出さなくてもいい。誰にも見えないところで、誰にも聞こえないところで、いじめられている友だちの耳元で、『ぼくは君のことをわかっているよ』と伝えてあげてほしい。一人でも自分のことをわかってくれている人がいれば、人は生きていける。死なないと思う」と呼びかけています。

なぜいじめは起きるのでしょうか。異質の排除なのかと考えています。異質を許さない社会。

IQ（知能指数）が少し低い子も、もしかしたら許されていないかもしれません。IQ七五以下のはっきりした知的障がいのある子はむしろまわりから大事にされる。十分ではないでしょうが。

IQ七五〜九〇の境界領域にいる子のほうがかえって、おかしな子とされてしまっていることがあるのではないかと心配しています。

あいまいで大らかだったかつての日本の社会では、「この子はちょっと反応が遅い」と思われるくらいで、同じ仲間として、十分やっていけ

アウシュビッツにて。ホロコーストも大きないじめの構造のなかでつくられたものかもしれない

ました。

今では少し知的レベルが境界領域だというだけで、いわれないいじめを受けていないでしょうか。

知能指数だけの問題ではなく、もちろん性格的にも異質なものは許されず、同質の人間関係を要求され、多様な人間の在《あ》り方が否定される。

これはぼくたちの社会にとって、決定的なマイナスだと思います。変わった子が育たなくなります。変わった子がつぶされてしまいます。

じつはこの変わった子が可能性をたくさん秘めているように思うのです。変わった子がうまく生きていける社会でないと、社会は面白みをなくし、いずれ力をなくし、新しい発明発見がおこなわれなくなってしまうと心配をしています。

アインシュタインもエジソンも黒柳徹子《くろやなぎてつこ》さんも学習障がいだったといわれています。真偽《しんぎ》はわかりませんが、変わった子だったのだと思います。変わっていることが許されることが大事なのです。

封建社会のなかでそれぞれが抑圧され、抑圧された最低辺層がさらにその下に「しいたげられ層」をつくり上げていく。そういう構造のなかに、いわれない部落が発生していきました。

牢屋のなかに牢名主が出現するのもおそらく同じような仕組みでしょう。支配する側になるか、支配される側になるか。苦しい環境のなかにいると、支配する側にまわることが自分の安全を保つことになります。狭い牢のなかにもおそらくいじめがあったのだろうと勝手な推測をしています。

現在の学校の教室でも、傍観することもできず、中立にいることもできず、いじめる側に立つか、いじめられる側に立つかの、二つの選択肢しかないのではないでしょうか。このどちらかしかないのなら、誰もがいじめる側に立つようになり、要領の悪い子はいじめられる側にまわってしまう。

なんとも悲しい関係ができ上がっているように思います。

教室からいじめをなくすためにはどうしたらよいのでしょうか。教えてください。

鎌田 實

いじめている子も、じつはいじめられているんです

●——鎌田先生へ

鎌田先生、先生のいじめに対する怒り、よくわかりました。

私は、二二年間高校の教員をしていました。当然数多くのいじめ問題に関わりました。今は、メールや電話での相談を通じて関わっています。私なりの子どもたちのいじめについて思うことをお手紙させていただきます。

まず、子どもたちが通う学校は、それ自体が一つの集団です。その学校という集団の中に、部活やクラスなどの小集団があり、子どもたちはつねに何らかの集団の中で生活をしていきます。当然子どもたちには個性や能力差がありますから、それぞれの集団の中に、できる子できない

闇の世界の大人たちの魔の手から
子どもを守りたい

子、強い子弱い子が生まれてきます。

鎌田先生、私たちの子ども時代から、一九九〇年代の初めごろまでは、何か学校の中に余裕があった気がします。できる子ができない子の面倒を見たり、強い子が弱い子を守る、そういうゆとりがあった気がします。たしかに、毎年のように、いじめによる暴行傷害致死事件やいじめ被害者の自殺はありましたが、今のように全国のほとんどの中学校や多くの高校で、自分はいじめられているとアンケート調査に答える生徒がいるような状況ではありませんでした。

私は、学校におけるいじめがこのように大きな問題になった背景には、一九九一年のバブル経済崩壊後の長い不況が大きな一因であると考えています。

バブル経済崩壊後、国の企業優先の経済政策のもと、多くの国民がリストラをされました。多くの子どもたちの親が、仕事を失い、あるいは転職を余儀なくされました。そして、多くの子どもたちの母親が、夫の収入だけではたちゆかなくなり、働き始めました。そのなかで、職場はもとより、家庭、学校、町の中までが、何かいらいらしたゆとりのない状況になってしまいました。職場で仕事上のいらいらを抱えた父親が、家庭で妻や子どもにそのいらいらをぶつけ、それによって、いらいらした母親が、子どもにそのいらいらをぶつける。何か社会全体のいらいらが、社会の中の一番の弱者である子どもたちに、集約されてきたように思えます。

それでも大人はまだいいです。飲みに行ったり、食事をしに行ったり、外でいらいらを解消する方法はいくらでもあります。でも、子どもたちには、家庭と学校しかありません。その学校の中まで、この十数年いらいらが入り込んできています。

文部科学省や教育委員会による管理・統制強化の中で、教員にまで階級がもうけられ、その能力差によって給与にまで差がつけられ始めました。多くの教員が、子どもたちと、ゆとりの中で触れ合う時間を失い、四苦八苦しています。

鎌田先生、子どもたちは、どうしたらこのいらいらを解消することができるのでしょう。

多くの子どもたちが、親や先生を捨てて、夜の世界に入りました。夜の世界は子どもたちに対してとても優しいですから。何しろお金になります。

また、多くの子どもたちが、大人を信じることをやめ、こころを閉ざし、不登校、引きこもりになりました。多くの子どもたちが、自分に自信が持てず、こころを病《や》み、明日を捨てようとしています。

そして、多くの子どもたちが、大人をまねています。親や先生、大人たちが自分たちにいらいらをぶつけたように、今度は、自分より弱い仲間に対していらいらをぶつけています。私には、これが近年多発するいじめの構造に思えます。

鎌田先生はどうお考えですか。

哀しい現実です。私は、このいらいらした日本を変えたいのです。そのために、年間四〇〇回を超える講演会を通して、優しさをまわりに配ることの大切さを伝えています。

鎌田先生、この秋には、ぜひお会いして語り明かしましょう。

水谷　修

モンスターペイシェント、モンスターペアレントが闊歩《かっぽ》し医療・教育現場はへとへとです

●――水谷先生へ

水谷先生には一年前、諏訪中央病院看護専門学校にお越しいただき、大変すばらしい講演をしていただきました。学生たちには今も感動が残っています。

ぼくは三〇代から病院長をしてきました。地方ということもあって、病院のなかにはおだやかな空気が流れ、地域の人はあたたかく、ボランティアなどたくさんの応援をいただきました。

いつも全力で治療にあたってきましたが、すべて完璧《かんぺき》に救命することができたわけでもありません。治してあげられない時もある。理解してもらったり、許してもらったりです。同じ地域のなかで支えたり支えら

れたりしながら、良い関係で仕事ができました。

しかし、ぼくが院長を辞める数年前くらいから、非常識なクレームをつけてくる患者が出てくるようになりました。疲れました。正直、心が萎《な》えてしまいました。

その頃、イラク支援がはじまり、自分の心のなかにふん切りがついてしまったのです。病院を辞めました。

今回ピースボートに乗った時も、病院を辞めて船に乗ってきた看護師さんが七〇人ほどいました。みんな燃え尽きていました。

その頃教育界には、モンスターペアレントがいるという話を聞きました。ああそうかと思いました。モンスターペイシェント——怪物のような患者さんが出現しはじめたのだと。全国的な調査がおこなわれました。多くの病院で医師や看護師たちが、患者さんやその家族から暴力を受けていることがわかりました。

学校の先生たちもきっと大変でしょうね。給食費を払えるのに払わない親がいると聞きます。

ピースボートの中での、「命の勉強会」

福岡市教育委員会は、学校給食費を一〇万円以上滞納し支払いの催促に従わない一八一世帯の保護者に対し、簡易裁判所に支払い督促《とくそく》を申し立てました。福岡市の給食の累積《るいせき》滞納額は、二〇〇六年度末までに約二億三八六〇万円になるといいます。信じられないような額です。

経済的に苦しい家庭に法的措置《そち》をとることは避けるべきだと思いますが、払えるのに払わない親が出現しているということは、なにか嫌な世のなかになってしまったと感じざるを得ません。

丁寧に頭を下げてお願いしても学校に来ないで、担任や学年主任や校長に対してインターネットを使って誹謗中傷《ひぼうちゅうしょう》するモンスターペアレントもいると聞きました。保護者が担任を陥《おとし》れたり。なんだか信じられないような世界があるらしいことに気がつきました。どこで悪口をいわれているかわからない関係はとても不安です。

ある教師が相談に来ました。暴力を使ってもいないのに暴力を受けたと大騒ぎされ、学校に行けなくなり、鬱病になってしまったのです。

無理難題をいってくる親に教師や学校側はどう対応したらよいのでしょうか。

モンスターペアレント出現の裏側には、相手を理解したり相手を包み込むようなゆとりが、教育界からなくなっていることも原因の一つでしょう。

教師が子どもや保護者に対して、共感的になることができる、あるいは想像力を働かすことができれば、ある確率でのモンスターペアレントの出現を防ぐことはできると思います。

しかし、それらのことができる教師の能力や努力を超えて、病的なモンスターペアレントがいるのではないかと心配しています。

病院の世界でも、病的なモンスターペイシェントが発生しているような気がするのです。医師や看護師の言動やふるまいが悪かったために発生するクレームとは質の違うクレームが、ぼくたちの国の医療現場には起きはじめています。

水谷先生、モンスターペアレントについてどう思われますか。お考えを聞かせてください。

鎌田 實

諏訪中央病院

大人たちも、苦しんでいます。追いつめられています

●——鎌田先生へ

鎌田先生、モンスターペアレント、モンスターペイシェントで、教育や医療の現場が混乱していること、私もわかっていました。

私はいつも、一人の教員として、子どもたちの側に立って生きてきました。非行を繰り返す子どもたち、犯罪を犯《おか》した子どもたち、自《みずか》らを傷つけ死へと向かう子どもたち、明日を見失い虚しさの中でドラッグに救いを求める子どもたち。数多くの子どもたちと生き合ってきました。

私が生き合ったすべての子どもたちの哀しみには、親や教員、まわりの大人たちの影が見えました。みんなが、そのような哀しみに大人たちによって追い込まれた子どもたちでした。

日本の社会全体のいらいらが、大人にも子どもにも大きな影響を与えている

考えてみてください。赤ちゃんが、この世に産まれてきた時、どの赤ちゃんが、「将来、親を泣かせてやれ、人のものを取ってやれ、人を傷つけてやれ、からだを売ってやれ、ドラッグを使ってやれ、自らを傷つけ死んでやれ」と産まれてきますか。そんな赤ちゃんは、一人もいません。どんな赤ちゃんも「父さん、母さん、産まれてきたよ。幸せになりたいな、幸せにしてね」と、真っ白なこころで産まれてきます。

誰が子どもたちを、汚したのでしょう。誰が子どもたちを腐《くさ》らせたのでしょう。私たち大人、大人のつくった社会ではないでしょうか。

私は、こうして、子どもたちを傷つけた親や先生、大人たちを、敵とすることで、子どもたちとともに生きてきました。子どもを傷つけた多くの親や教員を、司直《しちょく》の手に渡しました。子どもたちをもてあそんだ多くの大人たち、暴力団組員たちを、刑務所に送り込みました。子どもを傷つける大人たちが憎かった、そして憎み続けました。

そんな私を、一通のメールが変えました。

「水谷先生、先生は大人を嫌っています。わかります。私は、今四〇歳。

高校生と中学生の娘がいます。私は、子どもたちが小さい時に、夫と離婚しました。夫からの暴力がひどかったからです。それから、ただ一人で子どもたちを育ててきました。昼はスーパーのレジ、夜はスナックの手伝い。子どもたちにはいつも寂しい思いをさせ続けてきました。それだけではありません。仕事でつらいことがあると、子どもたちを怒鳴ったり殴《なぐ》ったりしてきました。私は、先生のいうどうしようもないいやな親です。上の娘は、私のせいで高校進学と同時に夜の世界にデビュー、たぶん高校も退学となるでしょう。今夜も帰ってきません。でもね、先生。私は、子どもたちに暴力をふるった後は、必ず死にたいほどの後悔。涙で目を濡《ぬ》らしながら眠っている娘たちの頬《ほお》をなでながら、いつもごめんね、ごめんねと謝《あやま》ってきました。私みたいなひどい母親の子でなかったらよかったのにねと。先生、親だって、大人だって苦しんでいるんです。先生、どうしたらいいんですか」

私は、恥じました。自分を責《せ》めました。子どもたちを、傷つける、追い込む大人たちも、優しい医師や教員の優しさを逆手《さかて》にとって、無体《むたい》なわがままをぶつける大人たちも、この世に産まれた時は、真っ白なこころで産まれてきています。誰が、彼らをそう追い込んだのか。

鎌田先生、今の日本は狂っています。一人ひとりの人間が、日本という社会の歯車として、ただ効率的に働くことが求められています。こころを捨てても。自分を捨てても。そこで、ちょっとでも立ち止まれば、人としてこころで生きようとすれば、捨てられます。私も捨てられた一人です。

そして、ほとんどの大人たちが、こころの余裕をなくしています。いらいらの中で、何とか生き抜いています。この社会全体のいらいらが、社会的弱者である子どもたちや、社会の中で最も人の悩みを聞こうとするこころある教員や医師にぶつけられています。

何とかしなくてはいけないのですが、私には手に負えない問題です。先生のお手紙に少し私なりの考えを書かせていただきました。

水谷　修

●――水谷先生へ

中年のフリーターにもチャンスが与えられる国にしなくちゃ

水谷先生の「大人たちも、苦しんでいます」のお手紙、胸に沁《し》みました。

ぼくも子どもや若者を大事にしない大人を責めてきました。でも、子どもを虐待する親が、社会のなかで疲れきっているという現実もたしかによくわかります。

就職氷河期世代が二〇一〇年には四〇代に突入するといわれています。この世代の人たちが、小学生の子どもをもっている率が高い。生活が安定していないために、疲れ、ささくれだっている家庭もあると聞きました。お金がないために、家庭が崩壊し、離婚し、低賃金で働きながら子どもを育てている方がいる。

労働力調査によると、フリーターの数は、二〇〇三年に二一七万人、徐々に減りつづけて二〇〇七年には一八一万人。この数年、高校、大学の新卒者の就職はかなり改善傾向にありました。しかしその間にも、見捨てられた世代がいたのです。三〇歳を過ぎた人たちの雇用は改善されませんでした。

総務省では、一五～三四歳までのパート、アルバイト、失業者をフリーターと定義しています。三五～四四歳までの枠外のフリーターが増えつづけています。

フリーターは減りつづけているという国の統計に安心はできません。データにさえ差別を受けている年長のフリーターこそ、大きな社会問題ではないかと思っています。

この国の政治は、この人たちの存在を「自己責任」で納得させてきました。自由主義社会のなか、自分で選んで生きてきたのだから、仕方がないじゃないかと。なんともおかしな納得のさせ方だと思います。

バブルが崩壊した後、経済が沈滞し、就職氷河期が起き、その後経済

諏訪中央病院（362床）。救急医療と高度医療を中心にあたたかで見放さない医療をするために、美しいハーブガーデンをはさんでそのまわりに老人保健施設や特老、ホスピスや在宅診療部がつくられている

を浮上させるために派遣労働者を認める法改正をしました。経済再建ばかりに躍起《やっき》となっていたのです。一人ひとりがきちんと雇用され、サラリーをもらい、消費者となってくれることが、ぼくたちの国の経済を動かすはずなのに、この国の政府が講じた方法には大きな間違いがあったように思えてなりません。

水谷先生が「子どももつらいけど、大人もつらいんだ」とおっしゃる理由がよくわかります。ウエットな資本主義にぜひしなければいけないと思います。

激しい競争が今以上にあってもいいとぼくは思っています。そういう意味ではぼくは、新々自由主義という考え方です。これはぼくの勝手な命名です。激しい競争を支えるためには、国の土台が大事。そこにあたたかな血が通っていることです。教育や職業のチャンスが充実していて豊かな医療や福祉がある社会。そんな社会が大事のように思います。

戦後、最長の好況がつづきました。しかし、国民にとっては豊かさを実感できませんでした。製造業の大企業二二〇〇社の従業員給与は二〇〇二年から五年間で二二兆円から二一兆円に減少しています。内部留保の目安になる、企業の利益剰余金は五年間で五五兆円から七二兆円に増えました。企業の体力強化をはかることは大事なことですが、加減を間違ったと思います。苦労して働いてくれた人にもっと還元すべきだったのです。資本主義はお金の循環を止めてはいけないのです。働きたい人に職を与え、適正なサラリーを出し、お金を使ってもらうことで資本主義は成り立っています。間違っていたのは企業だけではありません。世界一の預金をもっている国民の財布《さいふ》のひもをゆるめるためには、安心の国づくりが必要だったのです。

ぼくたちの国の政治家や官僚は、ぼくたちの税金を教育や医療に使わなかったために、不安、不満、不信がこの国に募《つの》りました。そのため世界一の預金は動きません。不況の連鎖が起きています。心の萎縮《いしゆく》が不況をさらに重症にしています。今こそ「安心の国づくり」が大事なのです。

ドライな資本主義でないウエットな資本主義を目指す、すぐれた政治家の出現を待ち望んでいます。

鎌田 實

●――鎌田先生へ

幸せとは、何でしょう。どこにあるのでしょう

鎌田先生、私が子ども時代最も好きだった童話は、メーテルリンクの『青い鳥』です。チルチルとミチルの兄妹が、それを手に入れれば必ず幸せになることができるという青い鳥を探しに旅に出ます。探し回って探し回って、見つけることができず、家に戻ると、青い鳥は、自分の家の鳥かごの中にいたという話です。鎌田先生も、お読みになったことがあると思います。

幸せは、外から与えられる、あるいは手に入れる、富や権力、名声ではなく、それぞれの人の想いの中にある。私は、この童話からそれを学び、五二年の人生を、いつも自分にいい聞かせながら生きてきました。

貧しくとも幸せを感じられた少年時代の思い出が、原点となっている

鎌田先生、私は、先生から少年時代のことを聞かせていただいたことがあります。貧しい生活だった、でも、多くの愛の中でとても幸せだったとお聞きしたことを覚えております。

私も同様でした。幼い時、山形の寒村に住む祖父母のもとに預けられました。冬には、家の中に雪が吹き込む小さな小屋で、祖父母と暮らしました。冬の朝の私の仕事は、家の中に吹き込んだ雪を外に掃《は》き出すことでした。ご飯も十分にはありません。おひつ（ご飯を保存する木の容器）の中の残り少ないご飯を、譲り合って食べていました。「もう、じいちゃんもばあちゃんも、おなかいっぱい。修が食べなさい」

つぎはぎだらけのネル（起毛の布地）の単《ひとえ》の着物に、夏は下駄、冬はわら靴。たぶん、村で一、二を争う貧しい生活をしていました。それでも、すごく幸せでした。

祖父母は、優しかった。冬の夜は、祖父母の間に私を寝かせ、毎晩抱きしめて寝てくれました。

母のいない寂しさに泣きたくなると、村の広場につくられた大きなブランコに乗りました。そして、力いっぱいこぎました。置賜《おきたま》盆地を押しつぶすように取り囲む山々をにらみつけながら、「いつか、あの山々を越えて、母のもとに。母のいる横浜《よこはま》に。そしていっぱい勉強して、母も祖父母も、うーんと幸せにするんだ」と、こころに誓っていました。

　鎌田先生、今多くの日本人が、私や鎌田先生が幼い時代に味わった、この貧しさの中での幸せを忘れてしまっていると感じています。

　日本は、いや世界はというべきでしょう。第二次世界大戦後、アメリカ型の幸せ、つまり富や権力、名声を手に入れることが、また、豊かで快適な生活を手に入れることが、人間にとって幸せなことだと、日本はもちろん、世界中の人々が、狂ったようにそれを求め続けてきました。

　しかし、富や権力、名声を誰かが手にするということは、誰かがそれを失うということです。誰かがお金持ちになれば、誰かがその犠牲《ぎせい》として貧しさを強《し》いられます。アメリカや日本、ヨーロッパの富んだ国々は、そしてその国民は、長くアフリカやアジア、南米の国々や国民を犠牲にして、自らの繁栄を謳歌《おうか》してきました。

　豊かで快適な生活は、私たちの命の源《みなもと》であるこの星、地球を荒廃させてきました。

今、それが限界に達しています。

鎌田先生、こんな今だからこそ、私たち一人ひとりが、自分にとっての本当の幸せとは何かを考えなくてはならないと、私は考えています。私は、自分の幸せのために、誰かに貧しさを強いたくありません。誰かを泣かせたくありません。誰かを死なせたくありません。また、自分の幸せのために、私たちの母なる地球を傷つけたくはありません。


電車で、お年寄りに席を譲った時、お年寄りから「ありがとう」の一言をもらい、こころに浮かぶ幸せ。我が子が生まれ、初めて抱き上げた時の幸せ。私たちのまわりには、たくさんの青い鳥、すなわち幸せが、私たちを待っています。早く気づいてと。

鎌田先生、今度お会いする時は、二人の今の幸せを、一晩中語り合いましょう。

水谷　修

いい加減がいい

『青い鳥』読みました。よく覚えています。

水谷先生、ぼくも青い鳥を探し歩きました。遠くへ行けば何かが見つかるかもしれないと。同級生のなかで一人だけ地方へ出ました。田舎《いなか》医者になりました。年を取って、だんだんに気がつきました。青い鳥は自分のなかにいるかもしれないと……。でも、若い時に、青い鳥を探して歩くのは大事なことだと思います。

昨年（二〇〇七年）、『幸せさがし』（朝日新聞出版刊）という本を書きました。「幸せ」の影を追いました。一〇月末には『いいかげんがいい』（集英社刊）という新しい本を出します。つかみどころのない「幸せ」

をつかまえたくて本を書いています。お送りしますので読んでください。

福島県の会津《あいづ》若松《わかまつ》に講演に行って来ました。医学者の野口英世《のぐちひでよ》が生まれ育ったところ。この男が好き。ノグチは青い鳥を探して世界中を歩いた男です。金銭感覚がなく、ストーカーまがいのことをしたり、とにかくおかしな男なのです。

野口英世は眠らないといわれました。水谷先生と同じです。研究はオープンだったらしい。とにかくカタ破りの男だった。すごいところとすごくないところの加減がいい。抜群に魅力的なのです。いいかげんな男という人もいます。たしかに聖人君子でありません。でも、いい加減を知っている人だったのだと思います。

外国にノグチ通りやノグチ小学校や七つもの胸像があり、今も忘れられていません。ニューヨークの恵まれた研究所からアフリカに渡ります。研究はピントがずれていました。黄熱病の研究中に、黄熱病で死にました。五一歳でした。貧乏でした。ヤケドのケロイドのため同級生にバカにされ、不登校になっていました。そこから彼は立ち直るのです。

野口英世が勉強した机の前で

ぼくが講演前にサインをしていると、ある中年の女性から声をかけられました。

「古い本ですけど、サインしてくださいますか。娘の本棚にありました。娘はリンパ性白血病で亡くなりました。娘が病気と闘いながら、先生の本を読んでいたようです。娘の仏壇にサインを捧《ささ》げたいと思います」

本は『がんばらない』（集英社刊）。うわぁと思った。白血病の治療をしながら、ぼくの本を読んでいてくれたのか。

合唱部で活躍し、友だち思いでみんなから好かれ、前向きによく勉強をしていた女の子が、高校二年の時、急性リンパ性白血病と診断される。そして病気との闘いは一年半つづいた。途中、大腿骨《だいたいこつ》の骨頭壊死《えし》も起き、病気との闘いは熾烈《しれつ》を極《きわ》めた。平成一八年、高校三年の卒業式を前にした一月一日、Kさんは一七歳と一〇か月の短い命を終えた。

すごい子だなと思ったのは、亡くなる九ヵ月ほど前に、もしものことがあった時に両親に渡してほしいと、手紙を友だちに預けていました。友だちはその約束を守った。亡くなった後、ご両親に届いた。

「お父さんお母さん、今まで大切に育ててくれてありがとう。今は、お父さんとお母さんがこの手紙を、読まなくていいようにと願いながら書いています。でも、この手紙を読んでいるということは残念な結果だったんだね。でも、ここまで自分なりに努力してきたから、もう休んだっていいよね。私は後悔してないよ。こんな病気になって不幸だって思ったこともあった。だけど今は全然不幸なんかじゃない。幸せだよ。だって、たくさんの優しさに出会えたから……。Kより」

自分の万が一の時のために、ご両親に手紙を書いておくなんて、すごい。

こんなすてきな子に、ぼくの『がんばらない』を読んでもらっていたのかと思うと、なんともありがたい気持ちになりました。

野口英世の寝ないで勉強した青春もすごいが、Kさんの白血病と闘いながらのご両親への心配りがすごいです。感動の夜でした。

鎌田　實

死、恐ろしいものです。でも、ことばは言霊《ことだま》、もっと恐ろしいものです

●——鎌田先生へ

鎌田先生、お手紙読ませていただきました。

Kさんの最後の手紙、感動しました。こころとからだと目もいっぱい泣きました。

鎌田先生も、ご存じの通り、私は、胸腺リンパ腫を患《わずら》っています。なかなか私のリンパ腫は、私を好きらしく、至るところのリンパ節に転移し続けています。いつも、出会う子どもたちとは、「一期《いちご》一会《いちえ》」、二度と会えないだろうなと想いながら、この一〇年生かされてきました。だからこそ、泣きました。

私も、リンパ腫の告知を受けてから、どうきれいに死ねるか、教員と

「夜回り」を始めてすでに18年が過ぎた。最初のあの日から今も、想いは変わらない

して、自らの死を、どう子どもたちへの最後の教材として、どんな最後の授業をしようか、そんなきれいごとを考え続けてきました。でも、そんなにかっこよく生きることは、なかなか難しいです。やはり、死は恐ろしいです。自分という存在が、この世界から消え、日一日と忘れ去られていく。考えただけで苦しくなります。

だからこそ、この一〇年、ただひたすら「夜回り」をし、子どもたちのそばに立ち、生きてきました。いや、子どもたちに、生かされてきました。

でも、この一〇年、ただ走り続けて、何かふっと抜けたような気がします。死は語るものでも、悩むものでもなく、考えるものでもなく、いつか必ず出会うもの。そんなことを日々考えるより、今を生きる。今をただひたすら、人のために生きていればいい。今はそう想って、ただ生きています。

お伝えしたいことがあります。先生の今回の手紙で思い出しました。私は数年前、一人の友人と大げんかをしました。彼は実力のある有名な作家です。子どもたちの日常を、悩みや生き様を、彼ほどきちんと文学として書き込める作家はいないでしょう。そんな彼と大げんかをし、絶交しました。

そのけんかの原因は、彼の出版した一冊の本でした。その本は、一人の少女のこころのゆらぎの物語。少女が性的な体験や大人たちとの汚い関わりを通して、自分をもう一度見つめ直すというストーリーでした。本の中には、少女の暴行される様子や、性的な行為そのものが、読者のつまらない興味や関心をそそるように、詳細に描写されていました。私は激怒しました。なぜ、こんな内容を書かなくてはいけないのか。それを永遠に残る文字と本という形で残さなくてはならないのかと。私から彼への捨て台詞《ぜりふ》は、ただ一言「人を、おとしめる、傷つける、醜《みにく》いことを書くようなやつとは、水谷はつき合わない」でした。

鎌田先生、ことばは言霊、魂《たましい》を持っています。恐ろしいものです。一つのことばが、人に笑顔や明日への希望を生みだしますし、何気ない一つのことばが、人を哀しみに沈めたり、死に追い込みます。だからこそ、そのことばを、話し、書く、私たち作家、評論家と呼ばれる人間は、ことばを大切に扱わなくてはならないのではないでしょうか。細心の注意を払って。

私は先生の本やことばが大好きです。「がんばらない」「だいじょうぶ」……、数々の先生のことばが、どれだけ多くの人に、明日への希望をもたらしてきたか。私も、先生のまねをして、いつも講演でも本でも、ことばを大切にしてきました。

でも、哀しいことに、そんな私のもとに、日々限りなく、「死にたい」「殺したい」、そんなメールが届きます。哀しいです。「死にたい」ということばを、書くことは、いうことは、その人にその責任を求めてきます。今、多くの若者たちが、この言霊としてのことばの恐ろしさを忘れているようです。

鎌田先生、手伝ってください。子どもたちに、ことばの恐ろしさを伝えましょう。できるだけ美しい、明日を拓くことばを子どもたちに伝えることを通して。

水谷　修

ゆっくりとした丁寧な美しい言葉を使うことが大事

水谷先生の「美しい、明日を拓くことばを子どもたちに」という熱い思い、そのとおりだと思います。

命は約三八億年の昔、単細胞の生物からはじまりました。水のなかで進化していきました。原始魚類から、やがて陸に上がる生き物が誕生し、爬虫類《はちゅうるい》から獣《けもの》、そして人間へと変化を遂《と》げてきました。

ぼくたちの脳のなかには、視床下部《ししょうかぶ》という中枢があります。爬虫類の脳といわれています。呼吸や食欲、性欲、攻撃欲などの中枢があり、生きていくために無意識で働く脳といわれています。

命の大事な掟《おきて》は、「自分が生きぬくこと」と同時に「命を伝えていくこと」です。伝えるという無意識の仕組みがあったために、三八億年の生命の歴史が生まれたのです。三八億年前、皮膜に囲まれたひとしずくのような細胞のなかに、なぜＤＮＡという構造が生まれたのかは解明できていません。しかし、この不思議なシステムによって、次々と命を伝えながら、ぼくたち生き物は変化してきました。その過程で、ぼくたちは爬虫類の時代を体験してきました。

　命を伝えるためには、性欲は欠かせません。しかし、悲しいことに、男性の性欲中枢の隣には攻撃欲の中枢があるといわれ、セクシャルな行為のなかに、時に暴力が潜《ひそ》んでしまうことがあります。

　女性の脳は隣にある満腹中枢と微妙に絡《から》み合っています。女性のセクシャルな満足感は、おいしいものをゆっくりとおなかいっぱい食べ、ほっとして眠たくなるような満足感に近いのではないかといわれています。もちろん、男のぼくにはわかりません。そう、睡眠欲の中枢も隣り合っているのです。

　攻撃欲は、いきすぎれば人を傷つけてしまいますが、上手にコント

イラクでの子どもの診察の様子。2008年秋、イラク国内でコレラが流行した。子ども5人が亡くなった。いよいよ状況は厳しい

ロールすると、集中力にもつながり、何かを為《な》すためにはとても大切なものです。

人間の脳のなかには、大脳辺縁系《だいのうへんえんけい》という獣の脳といわれる部分があります。好きとか嫌いとかを司《つかさど》っています。獣であるイヌやネコは、時に人間にかみついたり、時に人間にすりよってきたりします。これも、好きとか嫌いという感情があるからでしょう。

獣の脳が時にいきすぎの憎悪《ぞうお》を生み出し、相手を徹底的に痛めつけたり自分の欲望のために相手をおとしめたり、悲しいことをしてしまう。

人間は獣の時代も間違いなくあったのです。

獣の脳が暴れだせば、当然、キレるという行為にもつながります。キレないためにはどうしたらいいのか。

子どもの頃からの生活や教育で、大脳の前頭葉《ぜんとうよう》を育てることだといわれています。三歳くらいまでは、人とじゃれ合うような遊びがいい。体を動かすことが前頭葉のいい刺激になります。小学生になったら、足し算や引き算を繰り返しすること。単純な計算を繰り返すことで、豊かな前頭葉をつくるといわれています。

そして、最も大切なのが言葉です。「おはようございます」「とってもうれしい」「幸せです」など、ゆっくりとした丁寧な言葉を発することが前頭葉を育てるのです。

目と目で見つめ合うこと、抱きしめ、抱きしめられること。そんなことも、豊かな前頭葉をつくるためにはとても大切。

問題は、子どもたちだけではありません。「暴走老人」とか、「キレる老人」が多くなったといわれます。ちょっとしたことにヒステリックになってしまう大人たちが増えています。自分のなかにある獣の脳や爬虫類の脳が暴れだしているのです。

美しい言葉が爬虫類の心や獣の心をコントロールしてくれるのです。がんばりすぎず、あきらめず、なげださず、ほどほどのいい加減な生き方を目指して、美しい言葉を使って生きていこうと思っています。

お体にお気をつけください。先生の健康を祈っております。

鎌田　實

●──鎌田先生へ

手当て、自分への人への一番の優しさ。今忘れられようとしています。哀しいです

鎌田先生、昨日私は、高校時代の親友とお酒を飲みました。彼は、今、鳥取県の米子《よなご》で整体の治療院を開業しています。私は、彼との話ではっとさせられました。それを今回は、お手紙にしたためます。

彼は、酔いも回ってきたころ、私に聞きました。

「水谷、医師や看護師が、病気の手当てをするっていうよな。この手当ての意味がわかるか」私は、「知ってるよ。もともと自分の体の痛いところや不具合なところに手を当て、そしてさすり、痛みや不具合を緩和させることからきているんだろ」そう答えました。彼は、

「その通り。俺たち整体師は、その手当てで、人を治療しているんだよ。

夜間高校の教員になって初めての赴任は
横浜の中華街に近いマンモス校だった

手だけで。でもな、今、日本人の多くがこの手当ての大切さを忘れているような気がする。我が子がおなかが痛いといえば、すぐに薬を飲ませる。熱が出たといえば、また薬……。薬を飲ませる前に、子どものおなかを丁寧にさすってあげたり、熱い額《ひたい》をなでてあげたり、そんなことをする親がいなくなってきている。哀しいことだよ。水谷、リウマチで足がぱんぱんに腫《は》れたおばあちゃんの足を、ずっといっぱいさすってあげると、数ヵ月で本当にきれいな足に戻る。手当てには、相手が自分の中に持っている、自然治癒力《ちゆりょく》や生きる力を引き出す手伝いをする力があるんだ。俺は、整体師という職業を選んで本当に幸せだと思っている。お前は、夜の世界の子どもたちを救っているが、俺は、昼の世界の人たちの生きる力を引き出しているんだ。水谷、副作用はないし、いいぞ。お前も手当てしてやろうか」私は、感動しました。

鎌田先生、私は若いころ、ただひたすら山登りをしていました。先生のご自宅の近く八ヶ岳《やつがたけ》は、四季を通じて登山していました。二〇代の初めのころ、冬、八ヶ岳の赤岳《あかだけ》に登山し、下山途中でひどい腹痛を起こし、一晩を山中のテントで過ごしたことがあります。薬は持っていませんでした。寝袋にくるまり、ただ痛みで痙攣《けいれん》する下腹部を手でさすっていました。そして、一晩を乗り切りました。私は、彼の話で、これを思い出しました。

今、私たちから、この直接の触れ合いが消えていってます。子どもをたくさんなでてあげる親や大人は減っていますし、握手や肩をたたくといった触れ合いも減っているように感じます。これは、個人的には喜ぶべきことだと思っていますが、手をつないで歩くカップルも、肩を抱き合いデートするカップルも減ってきています。からだとからだの直接の触れ合い、それが、お互いの間につくる安心感や信頼感、その大切さを、私たちは忘れかけています。恐ろしいことです。私は、友人からそれを思い出させてもらいました。

そういえば、もう一つ素晴らしい思い出話を彼から聞きました。

高校一年の体育祭の後、彼のクラスは、中華街の聘珍樓《へいちんろう》という有名店で、打ち上げをしたそうです。とても高校生が打ち上げをするような店ではないのですが、彼の父親が県庁の幹部で、よく連れていってもらったことから、彼が思いついたようです。

クラスのみんなで思いっきり食べ、そしてもちろんノンアルコールですが思いっきり飲み、最後の支払いの時に青くなったそうです。請求書の金額を見て。彼は、正直にそのことを同級生たちに話し、全員がありったけのお金を出したそうです。それでも、まったく足りません。彼は意を決して、聘珍樓のマネージャーにそれを伝えたそうです。「お金は、数日中に必ず持ってきます。今は、これしかお支払いできません」と。マネージャーは、こういってくれたそうです。「その金額で結構です。残りは、君たち高校生がきちんと働き自立した時に、返してもらいましょう」

今、このクラスの仲間たちは、中華街で食べる時は必ず聘珍樓だそうです。当然クラス会も。

鎌田先生、今度聘珍樓でごちそうします。奥様といらしてください。

水谷　修

体の手当てだけでなく、国の手当ても緊急に必要です

水谷先生は、漫画もテレビも見ないのでご存知ないかもしれませんが、山田《やまだ》貴敏《たかとし》という人が「Dr.コトー診療所」という漫画を描いています。テレビドラマにもなり、多くのファンがいます。じつはDr.コトーにはモデルがいます。鹿児島県の甑《こしき》島の下甑村《しもこしきそん》手打《てうち》診療所の瀬戸上《せとうえ》健二郎《けんじろう》先生。地域医療の同じ仲間です。三〇年間、離島で島の人たちの命を守りつづけています。虫垂炎の患者を本土に運ぼうとして、状態が急変して船の上で手術をしたという伝説もある、すぐれた外科医です。

ドラマ「がんばらない」での鎌田實の役は、西田敏行《にしだとしゆき》さんでしたが、Dr.コトーの役は人気俳優、吉岡秀隆《よしおかひでたか》さんでした。写真でご覧のように、

髪の毛は同じような、かたや田舎医者、かたや離島の医者。なんでぼくが西田さんで、瀬戸上先生は吉岡さんなのか、ちょっと不満。冗談、冗談です。

地方で医師の生活をつづけようとする時、子どもの教育の問題にぶつかります。Dr.コトーもそうでした。鎌田もそうでした。自分の将来に対する不安もあります。親の面倒を見る心配もあります。家族に申し訳ないと思いながら、過疎地の医療を守っている人たちがたくさんいるのです。

Dr.コトーの島も諏訪中央病院も若い医学生たちのあこがれの病院の一つになりました。ありがたいことだと思います。厳しく、苦しく、時には情けない、地域医療や離島医療に若者たちが集まってくる。まだまだこの国は捨てたものではありません。

過日の水谷先生のお手紙のなかにあった「手当て」の話に共感しました。手当てはとても大切なことです。子どもが痛がっているところに、お母さんや学校の先生や医師が手を当ててあげることはとても大切で

Dr.コトーとがんばらないドクターとのツーショット

す。水谷先生のいう「手当て」を発展させて考えてみました。

世界とともにこの国も傷ついています。手当てが必要です。昨日（二〇〇八年八月二九日）、政府が発表した追加景気対策の定額給付金はバラマキ色が強く、本当の手当てにはならないと思いました。今、経済を立て直すためにお金を投入する必要があるとしたら、教育や子育て支援、医療や福祉にお金を投入すべきなのです。安心の国をつくるから老後のためにもっている預金を使ってほしいと首相は国民に訴えたらいい。世界一の個人金融資産をもっている国なのです。

今まで子育て支援は対GDP比〇・七五％、フランスの四分の一です。今回、二人目の子どもにひと月三〇〇〇円の支給を決めたけど、とても恥ずかしい金額です。公的教育費は先進国のなかで相変わらず、一番貧弱です。

介護の崩壊を防ぐために一二〇〇億円の投入を決めました。これは少し評価できます。若い介護スタッフに毎月二万円の給料が増えれば、介護という厳しい仕事をしているにも関わらず、現状ではワーキングプアに近い若者が救われます。

数週間前に東京の三六歳の妊婦が脳出血を起こし、八つの病院にたらい回しにされた挙句《あげく》、亡くなりました。これは小泉政権からつづいた医療費抑制政策の結果なのです。読売新聞が二〇〇八年一〇月一六日付けの八ページにわたる特集で、医療や介護を立て直す施策を提言しました。いらない道路やダムをつくる古い公共投資ではない、安心な国をつくるために、教育や医療や福祉に税金を投入すべきなのです。

この国のリーダーたちはあたたかな国づくりの手当てを忘れてきました。今回の追加景気対策でも、医療崩壊を起こさないために、医療にもっとお金を投入すべきだと思います。少子化対策を考えているならば、産婦人科や小児科を各地域で充実させ、安心して子どもを産み、育てられるようにすべきです。

医療や子育て支援、教育を充実させていく勇気を、国のリーダーはもつべきなのです。水谷先生、子どもを大事にする国をつくりたいと心の底から思っています。

鎌田 實

この国から、人としての誇《ほこ》りが失われようとしています。哀しいです

●——鎌田先生へ

鎌田先生、お話ししたことがあると思いますが、私は、一一歳まで山形の祖父母のもとで暮らしていました。貧しい生活でした。そんな私が、一番楽しみだったのは、お正月でした。村の一番の土地持ち、豪農であった祖母の兄の家で、腹いっぱいおいしい料理やお餅《もち》を食べることができました。

私が、小学校に入る年、六歳の時です。元日に大叔父の家に毎年の習慣通り、新年のあいさつに行きました。私はあいさつもそこそこに、目の前に並ぶおいしそうな料理に目を輝かせていました。でも、大変なことが起きました。大叔父は酒の酔いが回ったせいか、私の祖父に絡み始

いつまでも子どもたちのそばに
立ち続けたい

めました。「戦前は、南洋であんな手広く商売をやり、大富豪だったお前が、今は、俺の妹に食べさせてもらって。恥ずかしくないのか」

普段の祖父なら怒って席を立っていたと思います。祖父も祖母も哀しそうな顔をして拳《こぶし》を握りしめ、耐えていました。どんなに我慢しても、おいしいごちそうを楽しみにしていた私に、腹いっぱい食べさせたかったのだと思います。

ちょうどその時でした。私と同い年ぐらいの少女に手を引かれた瞽女《ごぜ》さんが、門付けに来ました。鎌田先生は、瞽女さんをご存じですか。目の不自由な女性が、三味線を片手に全国を回り、家々の前で歌曲を演奏し、そのお礼に、お金をもらい、それで生活をしていた人たちです。江戸時代から、昭和の中ごろまで存在しました。私の住む山形には、毎年新潟の長岡《ながおか》の瞽女さんが、門付けに来ていました。

おかげで場も和《なご》み、みんなで瞽女さんの三味線と歌を聞きました。その後です。大叔父が席を立ち、瞽女さんのいる三和土《たたき》に行き、百円札を何枚か地面に放り投げました「ご祝儀だよ」。女の子が、うれしそうにそれを拾おうとすると、瞽女さんのりんとして声が響きました。

「拾わなくていいよ。旦那さん、私たちは施《ほどこ》しを受けに来たのではありません。私の芸を聞いてもらい、それが良かったらお礼をもらいに来たのです。それなのに、お金を三和土に投げるとは。あんたには、この先いいことはありませんよ」

瞽女さんは、幼い私の目から見ても、輝いていました。そして、少女に手を引かれ、出て行きました。

私は、その姿を見て、すぐに祖父母にいいました。「じいちゃん、ばあちゃん、帰ろう。帰ろう」

三人で目を見合わせ、微笑《ほほえ》みを交《か》わし合いながら、席を立ちました。家まで三人で胸を張って帰りました。

鎌田先生、人には生きていくうえで誇りが必要です。その誇りを、今多くの日本人が失ってきている気がします。どんなに貧しくても、人から施しは受けない。人としての誇りを失わないために。かつては、この誇りが、多くの日本人のこころの中に根づいていました。子どもたちの中にも。弱い者をいじめない。恵まれない人を助ける。困った人のために手を貸す。まわりを見渡せば、そこらじゅうが、この誇りと優しさで満ちていました。でも、今は。

今政府が国民に、減税の代わりに二兆円の現金を配ろうとしています。私は、この記事を読み、先ほど書いた幼い日の出来事を思い出しました。ひどい話です。政府は、総理大臣は、私たち国民をなんだと思っているのでしょう。私には誇りがあります。そんな施しを一円たりとももらおうとは思いません。政府には、そのお金を使って、もっとすべきことがあるはずです。この国の明日のために、教育にお金を使う。あるいは、雇用の創出のために、公共投資をする。

私は声を大にして、これから伝えていきます。こんな施しは、受けてはいけないと。人としての誇りを失ってはいけないと。

鎌田先生、今の日本を見ると哀しみが募ります。早くお会いしたいです。

水谷　修

国政にも教育現場にも家庭のなかにも、信頼と愛情と納得を

水谷先生、先生の子どもの頃の話、感動しました。楽しみにしていた正月のご馳走《ちそう》を食べずに、人間としての誇りを選んだ水谷少年の姿は、今の水谷修につながっているように感じられました。

人間が生きていくうえで、志《こころざし》とか、誇りというのはとても大切なものです。政府の二兆円の定額給付金をバラまこうとするやり方は、たしかに先生のおっしゃるように国民の誇りを傷つけることにつながっていると思います。

ぼくたち国民が、一人あたりでは世界一とされる一五〇〇兆円の個人金融資産を使わずに貯め込んでいるのは、この国のスタイルを信用して

いないからだとぼくは思っています。ケガをしたり、大きな病気をしたり、年を取ったりした時に、この国は自分を守ってくれないと、国民は思っています。若者たちは、子どもを育てにくい国だと感じ、結婚しても子どもをつくりません。子どもたちは未来に希望を見いだせず、なかなか本気で勉強する気にもなれません。

しかし、二兆円を医療や福祉、教育、子育てなどに使ったらどうでしょうか。国民が抱えている不信や不安、不満を少しでも解決することができたら、国民は蓄《たくわ》えていた預貯金を、自分の人生を豊かにするために使うようになるのではないでしょうか。その結果、経済も回復していくと思うのです。

国政には、国民から政府への信頼と、政府の国民への愛情と、そして相互の納得が必要だと思ってきました。同じことが教育現場や家庭でもいえるのではないか、とぼくはこの頃考えています。

水谷先生、「児童生徒の暴力が増大している」と新聞で報じられています。全国の学校が二〇〇七年度に確認したネットいじめは前年度に比

青柳先生とのツーショット

べ約二一％増加し、小学生の暴力行為は約三七％増加、中学生では約二〇％増加しているといいます。

こうした現象の原因の一つは、子どもたちの生活空間のなかに、信頼や愛情や納得が少ないからではないでしょうか。

一ヵ月ほど前、四五年前に卒業した中学の同級生が久しぶりに集まりました。当時の社会科の青柳先生（現在七七歳）が出席してくださいました。とても思い出深い先生です。親にビール瓶《びん》をもって追いかけられたことはありましたが、殴られたのは青柳先生からの一回だけでした。

ぼくは、野球部に入っていました。対外試合の日でした。ぼくたち六人の悪ガキは、気持ちが盛り上がっており、授業を受ける気にならず、学校の隣にあるラーメン屋にエスケープしたのです。すぐにバレました。当たり前です。今から考えると、本当にドジだったと思います。

野球部の顧問をしていた青柳先生は、ものすごく怒りました。「足を開いて踏ん張っていろ、あごを引け」平手打ちを受けました。本当に痛かった。「二度とこんなことはするな。午後は全力で野球をしろ」といった。彼の優しさでした。問題を大きくしないようにしてくれたのです。ぼくたちは納得しました。

学校の都合で、青柳先生が野球部から別の部の顧問になると聞いた時、殴られた野球部員はすぐに職員室へ飛んでいって、青柳先生に顧問をつづけてもらうようお願いしたのを覚えています。殴られても、愛されていると、わかっていたのです。

四五年たった今も、青柳先生は殴ったことを覚えていてくれました。うれしかった。殴る側も殴られる側も、全力で真剣に生きていたのだと思います。

教育現場だけではなく、医療現場にも、家庭のなかにも、地域のなかにも、そして国政のなかにも、愛情と信頼と納得が、今ほど必要な時はないように感じています。

水谷先生、長い間ありがとうございました。この往復書簡で、先生から大切なことをたくさん教えていただきました。感謝、感謝、感謝です。

鎌田　實

鎌田 實・水谷 修
「だいじょうぶ」対談

自殺の根本原因は社会の病《やまい》、国の病

●——家庭も社会も機能不全

鎌田　日本がこんなに豊かになっているのに、三万人を超す人が毎年自殺してますすよね。

水谷　三万二千数百という数字自体が間違いだと思うんです。警察庁と厚生労働省がどんな統計の取り方をしているのか。僕はメールアドレスを公開した四年間で、メール相談を受けた中で、五二人に死なれています。四人は殺人で、残り四八人のうち自殺とみなされたのは数人。自殺は遺書があったケースと飛び降り、飛び込みだけなんですね。クスリをいっぱい飲んでOD（オーバードース）で死んだ場合は中毒死として扱われることが多く、リストカットで亡《な》くなった場合は事故死なんです。これを入れていけば、もっとはるかに多い子どもたち大人たちが、わが国で自殺していると思っています。

鎌田　うつ病とか、そういう病気ではなくて、普通の状態の中で死を選んでいくんですか。

水谷　死へ向かうということは、それなりに追い込まれているんです。子どもの場合、おもに四つです。一つ目は親の過剰期待、どこそこの大学に行きなさいとか。医学部系が多いですね。二つ目は親からの虐待、父親からの性的虐待などです。三つ目は、いじめ、教師や仲間との関係など学校での諸問題。四つ目は、レイプや猛烈な暴力などのPTSD（心的外傷後ストレス障害）です。

鎌田　自殺にいかせないですむ方法はあるんですかね。

水谷　学校教育の現場では、まずカウンセリング、進んでくれれば精神医療。僕が関わった中で、死んだ子に共通していえるのはOD。日本の多くの精神科医の方々は、患者が病《や》んで死に向かっていくとなると、眠れない、つらいとなると、睡眠薬や向精神薬あるいは抗うつ剤を使う。でも、そういうケースでは、精神科薬は治療薬ではないんですね。たしかに一定期間は必要なんです。眠れない状態が一週間や一〇日続けば、その子は確実に壊れますから。本当に優秀な精神科医は、親の過剰期待なら、親を呼んで改善させたり、親の虐待ならば児童相談所と相談したり、学校における諸問題は教育委員会か校長を動かす。ＰＴＳＤならば心理療法、箱庭療法、暗室療法……。そこまでやってくれる医師が少ない。

鎌田　僕も医師なので、弁解じみてしまいますが、精神科医たちに余裕がない。原因を調べてそれを取り除いてあげる時間的余裕がなくて、薬に頼っている。あとは心理療法士におまかせ。医師と心理療法士との間でうまく打ち合わせができていなければ、なかなかその子どもを、原因から離してあげる方法が見つからないですよね。

薬物中毒の子どもが増えている、と聞きますが。

水谷　日本の一〇代の半数は身近に薬物について見聞きし、二五％は誘われ、二・六％は使うだろうといわれていますね。根底にあるのは、心の病、社会の病、国の病なんです。幸せな子どもはクスリは使いません。一部、遊びで使う人もいますけど。それから、本当に親から愛され、大切にされた子どもは体を売りませんよ。援助交際というとみなさん金《かね》のためと思ってるでしょ。何回目からはそうなるケースもあるけれど、そうなる前は、ほとんどが父親の愛を求めていますね。あるいは誰かに抱きしめてもらうことを。だから哀《あわ》れだし、愛《いと》おしい。

鎌田　ちゃんと家庭が機能していれば、そういうふうにならないと考えていいの。

水谷　機能不全です。家庭だけでなく社会がちゃんとしていればね。（原発事故が起きた旧ソ連の）チェルノブイリのお母さん方が、一生懸命子どもを愛しているのに、日本では子どもを殺す親がいるわけです。

●――昔は、獣《けもの》を暴れさせない仕掛けがあった

鎌田　この一〇年間の殺人事件って、絶対数は増えてないんですよね。

水谷　増えてませんね。子どもの事件についても、じつは減ってきてます。

鎌田　家族の中での殺人は、比率でいうと四〇%から五〇%に増えてきている。家族だから、血がつながっているからわかり合えるとか、同じ屋根の下に生活しているから、わかり合えるとかと思い込むんだけど。家族って難しいですよね。親が子を、子が親を殺す。

水谷　その原因を、個別の親の問題や、子どもと教員との関係の問題としてとらえることが多い。僕は社会全体の在《あ》り方の問題だと思う。社会全体がものすごくイライラしている。

鎌田　この前、一六歳の女の子が、警察官のお父さんを殺してしまった事件（二〇〇七年九月一八日、京都府京田辺市《きょうたなべし》）がありましたよね。その女の子と僕は、そんなに変わらないって思った。一八歳の時、僕を拾って育ててくれていた父の首に泣きながら手をかけたことがある。「人間の心のなかには獣がいる」（62ページ）でも書きましたが、大学に行きたかったのに、働いてくれりゃあいいといわれて。幸いなことに、父も泣きだして、僕の手に力が入らずに、揺《ゆ》するだけで、二人ともへたり込んだ。僕の中にも獣がいるということに気がついた。ぼくの子どものころは、今と違って、獣を暴れさせないような仕掛けが、隣近所にいっぱいあった。子どもにちゃんと目配りしてくれる大人たちがいた。

水谷　大人全体の問題だと思うんですよ。たとえば、今の医者と昔の医者の違い。昔は、大体が町医者で、ふだんの食べ物とか養生《ようじょう》の師であり、いろんなケアをしていた。

鎌田　自転車に乗って、夜中でもいつでも往診してくれるお医者さんがいた。

水谷　かつては教員は教員である前に、人間として子どもとともに生きるのが先にあった。それがこの二〇年、三〇年で、教員はただ教える、医者は自分の診療レベルの中で、できることをやればいいというふうになった。あと、今の時代ってストレスが多すぎるんです。

●——今日一日を丁寧《ていねい》に生きる

鎌田　どうしたらいいんだろう。

水谷　ストレスは心と頭が疲れる。だから、それに見合うだけ体を疲れさせなさい、というんです。生徒に「一緒にジョギングやるか」とか。心を病んでストレスがある人間は夜眠れなくなる。肉体を疲れさせることで、昼夜逆転が変わり、朝のすがすがしさが生きる力を与える。

鎌田　ぼくは一八歳の時から、朝四時半に起きるようにした。それから四二年間、今もつづけています。闇の世界から陽が差し込んでくる。美しいです。心も体もピーンとする、幸せの時間です。朝をどう迎えるかって大事ですよね。電子レンジでチンした冷凍のご飯も、炊《た》いたご飯もカロリーは同じ。でも、お母さんが朝一時間前に起きてつくってくれる朝ご飯は違う。まな板のトントンという音とか、ご飯が炊けるにおいとかの中に生きる力がある。僕たちが忙しくて、便利さを追求するために、大切な生活の営《いとな》みをしなくなっていることに問題がある。不登校の子どもたちって、昼夜逆転している場合が多い？

水谷　大半ですね。そこにメール、携帯電話、インターネットがなければ、退屈だから学校に来てくれるんですが。

鎌田　親はどうしたらいいんですか。

水谷　抱え込まないで、できるだけ多くの専門家に手伝ってもらうことが大事です。

鎌田　明日に向かって、僕たち大人が子どものためにしなきゃいけないことは？

水谷　言葉を減らす。自分が使っている言葉を、子どもが理解すると思い込んで、機関銃のように浴びせてはだめです。親も教員も「ありがとう」「ごめんね」「いいんだよ」を毎日一〇回子どもにいう。優しくなりますよ、学校や家庭が。

鎌田　子どもと触れ合っていくときも、子どもたちがしゃべりやすいような空気を大人たちがつくってあげるといいですね。

水谷　薬物依存克服《こくふく》のための自助グループが必ずいうことなんですが、まず今日一日、薬物を使わないで生きることができた。じゃあ、次の一日だと。僕はここから学びましたね。

鎌田　今日一日丁寧に生きていけば、明日は必ず来る。

水谷　そう思います。ただ、根本原因である社会の状況はどんどん悪化しており、これをなんとかしなければなりません。

僕は、四年前から東京・八王子《はちおうじ》市内にある救急救命研修所というところで講師をやっています。全国から集まった消防の救急隊員たちが救急救命士の資格取得を目指して勉強や実技訓練をしているところなんですが、先日二〇〇八年度の前期生三〇〇人に講義をしました。前期、後期と半年ごとに顔ぶれが変わる彼らに必ず聞くことがあります。

「OD、つまり処方薬の過剰摂取をしていたり、リストカットをした子どもや若者を運んだことのある救急隊員は手をあげて」すると、毎回三〇〇人全員が手をあげる。「そうか。じゃあ、同じ子を二回運んだことのある人は」かつてはそれが五〇人とか一〇〇人でした。今回は全員です。「じゃあ、最後に行ったときにその人が亡くなっていたケースに出会った人はどれくらいいますか」まだ覚えてます。四年前、最初に聞いたときは十数人でした。前回二〇〇七年度の後期生に聞いたときは約九〇人。それが、今回は二〇〇人を超えていました。

心を病んで死へと向かっていく、生きる力のなくなる人が増えてきている。それが目に見えてわかる。僕は毎回、救急隊員たちに、非常に酷《こく》なことをいう。「君たちは〝人殺し〟だよ」って。なぜ一回目のときに保健所に通報しないのか。OD、リストカットは繰り返すものなんです。「あなた方の仕事は、患者をただ病院に運ぶことだけではなくて命を救うことだとしたら、その繰り返しの中でその根本原因を取ってやるアプローチをしなければならない。それは、あなた方が保健所に通報し、それで、保健所が家庭訪問などをしながら対応していくということ。これから現場に復帰したらやってください」と訴えています。

鎌田　大変な状況ですね。なぜ、子どもたちや若者は病むのでしょうか。

水谷　社会の病、国の病、とくに一九九一年のバブル経済崩壊以降のむちゃくちゃな経済状況だと思います。

社会をウエットで優しいものに

●格差社会の破綻《はたん》

鎌田　「中流崩壊」（54ページ）で書きましたが、資本主義は放っておけば、弱肉強食のドライな世界になってしまう。だから社会をウエットで優しくしておく必要があるのです。それなのに、小泉《こいずみ》（純一郎《じゅんいちろう》）政権以降、激しい新自由主義が導入されることで、ブアツイ中流が壊れ、たくさんの人たちが脱落していきました。

水谷　規制緩和など経済の急速な自由化が進められ、企業の終身雇用制度にまでメスが入りました。経済的に不安定な派遣労働者が数多くつくり出されましたが、その多くは、本来なら、自分の人生や自分の勤める企業の繁栄、この国の明日を、最も熱く考え、語るはずだった若者たちでした。そして、多くの子どもたちが、明日の夢を見ることもできず、心を閉ざしています。

高校新卒の求職者数に対しどれだけの働き口があるか。厚労省は、二〇〇六年三月卒の有効求人倍率が〇・九〇倍だったのが二〇〇七年には一・一四倍となり、九年ぶりに一倍を超えたと発表しました。以来、数字のうえでは一倍を超えていることになっています。ところが、高校の就職担当者に聞くと、求人にはかなりの率で契約・派遣社員が含まれるようになってきている。これから一生の人生設計を立てなきゃならない人間にはつらい状況です。高校新卒で就職した人間の五割ほどが早期に辞めるといわれています。明日をつくるべき子どもたち、若い人の生きる力がどんどんこの国から奪《うば》われていく。これは大変な問題です。

鎌田　やっぱり国づくりの基本が間違っていた。たとえば小泉さんがやった構造改革。ほどほどにもうけてというんじゃなくて、何か巨万の富が得られやすいように構造を変えましたよね。欲望が暴走してしまった。いい加減《かげん》を見失ってしまった。加減が大事です。丁寧にいい製品を、少しでも多く付加価値をつけてつくり、貿易立国として生きる。これが

ぼくたちの生きる道だった。そのためには、教育が行き届いていて、子どもたちが大切にされ、ほどほどのいい学校に上がっていくことが大切。彼らにいい消費者になってもらい、ブアツイ中産階級、中流を育てる。彼らが成長して、またいい製品をつくっていくという、いい回転をする資本主義をやっていなくちゃならなかった。小泉さんたちの構造改革は、もっともっと貪欲《どんよく》にお金をもうける、一握りの人たちにとって都合のいいものだった。

水谷　一握りの人たちというよりも、米国にとってというべきなんでしょうね。「戦後の日本の発展は、自己否定の歴史」（26ページ）でも書いた、イタリア・ミラノで仕事をしている僕の親友がよくいうんです。米国型というのはつねに大量消費、大量生産の中で新しいものをつくって過去を否定しながらつねに最先端なもので商売をしてきた。欧州型というのは、たとえば靴でいったら古い木型を残しながらその伝統を累々《るいるい》とつなぐ。別に大量に売れなくてもいい。わかる人間がそれをキチッと味わってくれればいい。過去を絶対に捨てない。日本はどっちを取った

かというと、本家の米国よりもひどい米国型になった。過去の日本的なものを否定することが美徳。過去にしがらみを持つなんてダサいと、すべてを捨てていく。だから累積《るいせき》したものが全部消えていっている。

とくにそれがはなはだしくなったのが、小泉さんの前後からでしょうね。勤勉は美徳なのかと疑問視され、株でいかに易々《やすやす》と金をもうけるかが美徳とみなされるようになった。ホリエモン（ライブドアの元取締役社長CEO）は、その最たるものだったですよね。

鎌田　もう一つ悪いのは、僕たちの国のリーダーの小泉さん、安倍《あべ》（晋《しん》三《ぞう》）さん、福田《ふくだ》（康夫《やすお》）さんも麻生《あそう》（太郎《たろう》）さんも、みんな二世とか三世とか、三代続くとかいう、非常に恵まれた政治家の子どもだということです。

ちょうど今回の自民党総裁選の立候補の日に自民党本部に行ってたんです。医師であり国会議員であるという方と対談しました。医療費をいったん大きく増額する一方で、出来高払い制度で総額が膨《ふく》らみ続けるようなシステムはやめる、包括払い制度を一部導入するという抜本的改革はできないか、と僕はいいました。彼はよくわかったといいながら、それをやれるのは首相しかいないという。僕たちの国は大統領制じゃないから、日本の首相がこの二年の間に三度代わってるけれども、自民党員ではない僕は、票を入れて意思表示をすることができなかった。これが果たして民主主義といえるのか。僕たち大人ですら窒息感があるから、それを見ている子どもたちはなおさらでしょう。

水谷　日本の一〇代、二〇代のうち推定約一〇〇万人で、リストカットなど精神的に相当ひどい具体的な症状が目に見える形で現れています。日本がこの一〇〇万人を労働人口として失うことは、年金、健康保険、税収などの面で大変なはずなんですが、この国はその一〇〇万人に関して手をこまぬいている。

鎌田　やっぱりその人たちをどうにか引き上げて、ブアツイ中流の中に入れることが社会の安全を高め、健康保険や年金制度を守ることになるのです。若者たちを救わないで見捨てる政治をしてきたわけでしょう。

水谷　画一的《かくいってき》な価値観でね。小泉さんたちの中に「やればできる」という発想がある。戦後の日本教育の一番の嘘《うそ》、そして一番子どもを追い込んでるのは「やればできる」だと思います。「できないのはお前が努力してないからだ」って。そうじゃない。人には個性があるんです。僕がいくら野球を練習しても、松井秀喜《まついひでき》選手みたいなホームランを大リーグじゃあ打てない。人には人の個性がある。ある子は畑を耕《たがや》す。ある子は海で魚を捕る。ある子は家を建てる。ある子は鎌田先生のように医師だったりするはずなんです。なのに、今の社会は、よってたかって最高の国際ビジネスマンをつくろうとしています。お米をつくったり、魚を捕る人間がいなくて、超エリートだけでどうやって生きていくんですかと、問うべき時代に来てます。

鎌田　悔《くや》しいなと思ったのは、秋田県で農林関係の学校に行って、木や森が好きで勉強している子どもたちと話し合ったときです。森の仕事がないっていうんです。優秀な子は自衛隊に入るって。森の仕事があればそっちへ行きたいっていうんです。グリーン・リカバリーです。エコ・ニューディールです。発想の転換が必要なのです。緑の仕事を多くして、美しい日本を次の世代に守りながら、雇用を創出して、経済をよくするという発想がない。不況にしておいて、職業の選択の自由を奪っている。そのとき、仕事のスケジュールの関係で、東京へはヘリコプターで帰りました。空から、本当に美しい秋田杉の森がずうっと見えて、悔しさがこみ上げてきました。

水谷　この国では、汗を流して、本当に肉体を使って働いた人たちに対する評価が低すぎる。収入とかいろんな面で。お金を右から左に動かして何百億円。それがカッコよくて優秀だなんて、違いますよね。土を握りしめながら「俺の米を見てみろ」と胸を張っていたおじいちゃんに山形県で会いました。「俺の米は日本一なんだ」「俺の大根は輝いてますよ」、そういう人たちがどんどんふるい落とされてしまう。そうじゃなくて、そういう人たちをきちっと評価しないといけない。

●――旅とおいしい食べ物で日本を元気に

鎌田　日本中いたるところにあるのが、心と体を癒《いや》してくれる自然、美しい景色、伝統芸能などすばらしい観光資源。おいしい食べ物も日本中にある。僕は二〇〇五年から、高齢でも障がいがあっても旅をあきらめないでほしいという思いから、「鎌田實と行くバリアフリーツアー」（クラブツーリズム主催）というのをやっています。ほとんど歩けなかった人が、僕といっしょに旅を続けるうちに、杖《つえ》をついて歩けるようになったという話を「硫化水素による自殺の流行」（46ページ）の中で書きました。毎年、初夏にはハワイ、秋には上諏訪《かみすわ》温泉に旅しています。高齢の人や障がいを持つ人に限らず、旅をするとイキイキします。おいしい食事をすれば、誰でも元気になります。エコ・ツーリズムとかグリーン・ツーリズムのような野菜づくりを体験したり、森の中を案内してもらって、森林浴をするような新しい旅をつくり出すチャンスだと思う。

個性的な旅がどんどん盛んになっていけば、美しい秋田杉に関係する仕事をしたいという子どもたちの夢もかなうかもしれない。オシキセの旅ではないユニークな旅が必要です。森林浴の旅とか、自然農法でできた野菜を食べる旅とか、ちょっと工夫をすればいいのです。農業、林業、漁業や伝統工芸に関わる仕事も増えていくのではないか。日本全国が元気になっていくのではと思います。

水谷　かつて価格破壊ということがいわれ、とんでもなく安い値段の商品が売られるようになりました。かつて社会科の教員として、高校の生徒たちに聞いたのは「大根が一本一〇〇円で売っていたら買うのか」ということ。ものには正当な値段というものがある。それ相応の額を払うことで、この国がきちんと立ちゆく。人と人が助け合い、いずれは自分にも返ってくるのです。

鎌田　欧州に何回か行き、現地の事情に詳しい人と話し合ってみて、やっぱり日本は安すぎると感じた。値段をきちんとしたものにして、その分、若者たちがちゃんと働けるようにするべきだと思う。インフレになることを心配している経済学者がいるが、適度なインフレになるほうが、今の萎縮《いしゅく》した経済から早く脱出できます。

水谷　近ごろよくいわれるようになった地産地消も基本だと思います。たとえば北海道の場合、北海道マークというのをつくって優先的に買うのもいい。

●――やりがいのある生き方

鎌田　若者の側にも、前途への希望を感じさせる動きがあります。今、社会的起業家を志向する若者が増えています。ホリエモンをモデルにするんじゃなくて、収入は少ないんだけど、社会を変え、やりがいのある生き方を目指す。そういう若者たちが、この国を変えていけるんじゃないかって気がするんですけど。

水谷　たしかに、おもしろい若者がいっぱいいます。たとえば、北関東にいる三〇代後半の元暴走族リーダーが、じいちゃん、ばあちゃんの田畑を受け継いでイチゴやブドウ、米や野菜の農家として成功しています。

鎌田　農業再生ですね。

ホリエモンみたいにＩＴの企業を経営していて、「これでいいのか」と思い直して社長を辞め、非施設型の「病児保育」ビジネスに取り組んでいる二九歳の若者が東京にいます。一人親や共働《ともばたら》き家庭で、子どもが三七度五分以上の熱を出したら保育所は預かってくれない。「子育てレスキュー隊員」がそういう子どもを迎えに行き、小児科医の診察に連れていったり隊員の自宅で預かってくれたりする。

水谷　ＮＰＯ（非営利団体）法人かなんかですか、それともビジネスとして。

鎌田　ＮＰＯなんですけど、もう完全にビジネスで。政府の補助金はもらってないそうです。

水谷　ああ、それはえらい。

鎌田　社会的起業家。ボランティアではなくてビジネスとしてやりつつ社会を変える。こういう人たちが結構今、出て来ているんです。うんと大もうけするわけじゃないけど、小金くらいはたまるビジネスというのはあり得るんじゃないかなという気がする。ワーキングプアといわれる人たちが一〇〇〇万人以上いますが、そういう人たちが、勇気を持って日本を変えるような新しいビジネスや職業に飛び込む、ということは難しいんでしょうかね。

「手当て、自分への人への一番の優しさ」（124ページ）で水谷先生が「手当て」の大切さについて書いておられます。新ビジネスとはちょっと違いますが、全国の病院で、子どもの入院患者、あるいは患者を親に持った子どもたちの心のケアをする、チャイルド・ライフ・スペシャリスト（CLS）と呼ばれる人たちの数が少しずつ増えてきています。日本では取得できないＣＬＳの資格を得るために、米国の大学院で学ぶ学生さんが相次いでいるといいます。日本では診療報酬の対象にはなっていませんが、子どもの心の「手当て」という大切な仕事がちゃんと社会的に評価されるべきだと思います。

水谷　国が施策として一番やっているのはお年寄りの介護です。ところが一人の経営者だけが巨額の利益を上げていた訪問介護会社コムスンの問題とかもあって、労働条件は非常に不安定です。一〇年前には花形だといわれていましたが。

鎌田　介護の仕事はものすごく今必要とされています。介護にきちんとした社会的な評価がおこなわれるようになれば、間違いなくまた流れは変わると思います。一八〜二三万円くらいでなかなかべースアップされないから、三五歳とか四〇歳になっても、食べてはいけるんだけど結婚して子どもを産んで育てるのが難しい。未来が見えない。介護は結構若者にとっては魅力的な職場なんです。介護とか看護とかは、自分を成長させながら仕事を覚えていける。もちろんテレビをつくったり自動車をつくる仕事も大事だが、お年寄りに接するとか障がい者に接する仕事というのは本来やりがいがあって楽しいはずなんです。ところが、介護で働く人たちは低賃金で働かされ、経営者が大もうけしていた。もうかっているところだけ見れば、介護費用はもっと抑制できると国は考えてしまう。そこには、介護だけの問題じゃなくて、すべての日本の若者をターゲットにした派遣労働などの非正規雇用の矛盾《むじゅん》が出ています。

高齢化社会なんだから介護費用はきちんとした額に上げる。不用な道路とかダムとかの建設を見直して、必要なところにお金を移すのが政治の役割です。政治家も有権者も、それをジャッジしないといけない時期に来ていると思います。

常勤換算の介護労働者は約八〇万人、非常勤介護者が四〇万人です。さらに、あと四〇万人が不足しています。派遣切りされた若者にヘルパー二級のライセンスを取る受講料一〇万円を補助し、介護職として正規雇用する。選択できる道を増やしてあげることが大事です。この国の対応は遅いですね。介護が充実してくるとお年寄りも安心ができる。介護をよくして、安心を与え、お年寄りが持っている預金を動かすことが大事。介護がこの国の経済を救うことになるのです。

あたたかさの連鎖を信じて

●――子どもたちに、優しい言葉をかけていますか

水谷　僕は毎回、講演の中で会場に来た人全員に聞くんです。「この一年間、あなた方の家庭で、あたたかい、優しい、美しい、思いやりのある言葉と、ひどい、きつい、追いつめるような厳しい言葉とどっちが多かったですか」大体九割の家庭できつい言葉のほうが多い。「ああ、そうか。この地域の家庭は崩壊していますね」というと、みなさん笑いますけど、笑っている場合じゃないんです。家庭というのは、おじいちゃん、おばあちゃんにとっても、お父さん、お母さんにとっても、子どもたちにとっても、最も心がやすらぐ憩《いこ》いの場所です。そこが憩いの場所じゃなくなってきているのが一番問題なんです。

次に聞くのは、会場にいる子どもたちに対してです。「学校でほめられた回数と叱《しか》られた回数とどっちが多いかな」って。小学生は六割がほめられた回数のほうが多い。中学生になるとたった二〜三割。高校生では大体四割ぐらい。つねにいろんな評価の対象になり、社会の歪《ゆが》みが全部子どもに集まってきているんです。追いつめられても、お金を稼いでいないから、大人のように遊び回ったりもできない。結局、彼らはそれを抱え込んで病んでいくしかなくなるわけです。

水谷　その数字は、正確な実態を反映していないですね。

鎌田　不登校の子どもが一二万九〇〇〇人だそうですね。

水谷　不登校の定義って、鎌田先生知ってますか？　義務教育の小中学校で、年間三〇日以上、確たる理由がなくて休んだ生徒を不登校といい

鎌田　もっと多い？

ます。確たる理由というのは、たとえば、入院して鎌田先生のところに行くというのは不登校には該当しないんです。問題なのは、かつては教室に入れない場合には欠席になっていた。ところが今は、各都道府県が学校とは別の場所につくる「適応指導教室」とか、学校内の保健室、あるいはＮＰＯなどがやっているチャレンジスクールなどに行っていても出席扱いになる。それで数字が減っているだけです。実態を見ると、不登校と心の病は非常に増えてきています。

鎌田　なぜ増えてきたのですか。

水谷　経済的な面で見ると、競争社会が激化してブアツイ中流が崩壊してきた。かつて数％だった「下層」といわれる階級が非常に増えてきている。虐待や貧困が引き起こすさまざまな問題、夫婦の離婚、母子家庭などが増えてきた。でも、それだけでは説明できない部分があります。

たとえば鎌田先生も僕も子どものころ貧しかった。でも、あのころは、それで心が病んだかというとそうでもない。貧しさだけが病む原因でしょうか。この十数年、携帯電話やゲーム機、インターネットが急速に普及し、子どもたちがそういうものにどっぷりと浸《つ》かっていることの影響があると思います。子ども自身に問題がないとはいわないけれども、そういうものを与えているのは親ですからね。われわれの子どものころのコミュニケーションというのは直接的なぶつかり合いでした。チャンバラだったり、ケンカだったり、公園なんかで、同じ時間、同じ空間を共有して肉体を使ってぶつかり合っていた。

九九《くく》が心の支えになる

鎌田 今は違いますね。

水谷 そうです。たとえば電車の中で五人の小中学生が一緒にいるのに、なんの会話もしていない。ひたすら下を向いてゲーム機に夢中になっているだけ。そんなんじゃなくて、ぶつかり合う中でケンカして、でも和解して、あいついい奴だと認める。そういう中で心の強さがついてくるんです。
一方で、電子メールは、いやなら見なければいい、削除も簡単です。ゲームだったらリセットする。今の子どもたちは、いとも簡単に閉ざすという術《すべ》を覚えてしまった。これが、安易に不登校になったり、心を閉ざしたり、病んでいくことの背景にあります。

鎌田　これは世界全体を覆《おお》う社会の変化ですね。

水谷　われわれが子どものころ、野山でキノコやワラビを見つけたとき、「やったあー」って、あの喜び。友だちと一〇〇メートル走をして勝ったときの達成感。友だちと協力して砂の城をつくって、できたときの喜び。実際に体を使って、自分が成し遂《と》げることからしか得られない達成感を知らない子どもたちが増えています。

鎌田　それを、今の子どもたちに味わわせてあげる方法って、ありますかね。

水谷　今さらネット社会との関わりを切れとか携帯を持つなとか、一〇代の子にゲームをやるなというのは無理ですよ。「でも、せめて夜の一一時から朝の六時までは全部使わないでくれ、親は監視してください」と、僕はつねづね講演でいっています。人類は夜行性じゃない。本来は昼行性なんです。

鎌田　だけど、水谷先生は夜行性じゃないの？

水谷　僕は仕事ですからしょうがない（笑）。本当はそうなりたくてなっているわけじゃない。だから、昼行性の人間にとって、夜の暗さというのは怖いものなんです。不安で、感情的になる。

鎌田　僕は先生と違って朝型人間で、ずっと午前四時半起きをしています。だから夜一〇時ぐらいになると大体眠くなる。

水谷　僕が、全国各地の先生たちにいっているのは、学校で健全に子どもを疲れさせてやってくださいということ。小学一年生は下校前に校庭五周、小学六年生は一〇周、中学三年生は一五周とか。これを国家的な規模でやったらこの国の一〇年後、二〇年後は変わります。

鎌田　そうすると、必然的に夜はよく眠れる。効《き》くかもしれないね。それは。

水谷　それが健全なんです。

鎌田　秋田県のある村に、学力テストの成績が抜群にいい小学校がありますす。村長さんの話だと、たしかに、一クラス一五人とか二二人ぐらいで少人数編成になっている。でも、やっていることは、早寝早起きの励行、朝ご飯の励行、毎朝約一五分の計算と漢字練習だというんです。

水谷　そのルーチンワークこそが大切なんですが、今の子どもたちはそれが苦手。同じことを毎回繰り返すというのが本当にだめです。ゲームはつねに進化して同じところにとどまらない。

　でも、生きるということはルーチンなんです。朝日を見て太陽にあたり、夕日を見送り、夜は眠る。それを毎日繰り返していくことは尊《とうと》い。それなのに、政府は「つねに進歩しなきゃいけない、より金持ちにならなきゃ、より豊かにならなきゃ、より賢《かしこ》くならなきゃ」とせきたてる。そりゃ無理だ。いいじゃないですか、あるところまでいったら、あるルーチンの中で、自分を大切にして生きたら。そういうことの重さを、社会も学校も大人たちも教えていない。

鎌田　青森出身のうちの親父は、青森から出てきたばかりの苦学生を、「東京に慣れるまで」ということで、よく家に住まわせていた。ちょっとのお金をもらっていたようなので、完全なボランティアではなかったようだけど。

　その学生たちが、まだ小学校に入る前の僕に九九を教えてくれた。ほめてもらえるので暗記した。それがずっと財産になった。生き抜く力というか。ベビーブーム世代だから競争が激しかったんだけど、小学校に入る前に九九が全部頭の中に入っていたというだけで、算数だけは負けないぞという思いがあった。ルーチンって、結構大きな力になるんですね。

水谷　鎌田先生はアフガニスタンやイラクに行っておられるでしょう。向こうでは、心の病が非常に少ないはずです。親や家族を亡くしての心の傷というのはあっても、日本的な生きる力の弱さは非常に少ない。向こうの子どもたちは、生きるために朝早くから夕方まで学び、働き、肉体を酷使《こくし》している。夜は疲れてよく眠れる。だから文明国でしか起きないような後天的な心の病、贅沢病《ぜいたくびょう》は起きない。

鎌田　僕たち一人一人の市民が、子どもたちのために何ができるんですかね。

水谷　講演で僕がいつもいってるのは、「優しさを配ることはお金かからない。優しくなってくれないか」ということ。そして、「もっと認めてやってほしい」ということ。僕は夜間高校で一二年間、教員、そして生徒指導部長をやっていた間、一度も生徒を怒ったことがない。叱ったことも怒鳴ったことも声を荒げたことも殴《なぐ》ったこともない。夜間高校の子どもたちは、僕の学校に来るまで十何年、ときには二〇年以上、まっとうな評価されてないんです。勉強やってもできない。「何やってるんだ、こんな夜遊びして」と叱られて。その子たちが叱られないということは意外な驚きなんです。

「テスト80点以上」で子どもは蘇《よみがえ》る

水谷　じつは一二年間必ずやったことがあります。四月の第二週ごろに教科担任を集めて、「悪いけど五月の第二週の中間試験、新一年生は平均点八〇点以上取らせて」っていうわけです。教科担任は怒りますよ、水谷先生ふざけんなと。小中学校に通ってなくて九九ができない、アルファベットを書けない子もいる。「できるだけ早く、中間試験の問題をつくってわれわれに見せてくれないか、必ずうちの学校変わるから」って。僕たち生徒指導の教員が、夜九時から一一時まで生徒を残して答えを覚えさせる。八〇点は無理だけど六〇点ぐらい取るんです。

一番ふてくされてツッパリで入学してきたのが、「おい、水谷いるか」と職員室に入ってくる。ニヤニヤしてる。「どうした？」「先生、見ろよ。八〇点。俺だってやればできるんだよ」って。中学校に不登校で全然通《かよ》ってなかった子は職員室に入れない。僕がトイレ行こうとすると、廊下の隅っこにいる。「おう、どうした？」って聞くと、「シーッ」っていって、答案用紙広げて、「先生、八五点」といってポロポロ泣いている。やっぱり認められることが子どもたちを変えていく。それが子どもたちの中で生きる力、自信、自己肯定感につながる。九一年以降、ゆとりを失った社会はそれを大人に対しても忘れてる。人を見たら悪いところを見るでしょう。

鎌田　同じようなことしてますよ、うちの病院の付属看護専門学校で。

三年生に哲学の授業をさせてもらってるんです。決して人生をうまく順調に来た子ばかりではないので、少し心のトレーニングができればいいなと思って。僕の試験はほとんどの子が九〇点を超す。やっぱり一回九〇点を超すとすごく喜びますよね。一回自信を持つと、結構その後伸びてくるんです。

テストは及第になったら終わりじゃなくて、五年後、一〇年後、三〇年後の自分に向けた答案を書いてほしいといっています。だから僕もその答案に、その子がいい看護師になってから読み返してくれるように、大事に選んだ言葉を毛筆で書いて、落款《らっかん》を押しています。

ところで、僕はずっと、水谷先生は、イギリスにある「子どもコミッショナー」のようなポストについたらと思っていました。なんか子どもたちが選ぶらしいですよ。子どもたち自身の人権を守ってくれると信頼できる人をリストアップして、ヒヤリングをやって決める。子どもを守るためなら、コミッショナーはどこにでも乗り込んでいける。

水谷　じつは僕はそれに近い形を個人でやっています。四年七ヵ月で、僕のところに来た相談メールは述べで四七万二〇〇〇通。関わっている子が一七万一〇〇〇人です。その結果、処分された教員は三十数人。児童虐待などで警察に逮捕された大人たちはもう二百数十人を超えている。暴力団組員や売春業者を含めると、一〇〇〇人以上の大人たちが捕まっています。

今一番いけないのは「信頼」の二文字が学校教育から消えたこと。文部科学省が教育委員会を信じない。教育委員会は現場を信じない。校長も教員を信じない。親も教員を信じない。だから子どもも教員を信じない。教員は子どもを信じない。信頼関係がない教育は成り立たない。

鎌田　子どもには選挙権はないけれども、国連の「児童の権利に関する条約（子どもの権利条約）」で、子どもの基本的人権を国際的に保障しています。この条約は一五年ほど前に日本も批准《ひじゅん》しています。子どもたちの視点を代弁してくれる、信頼できる人物を、子どもたち自身が選ぶ権利を持っていていいと思います。

「信頼」という点では、かつての病院は、学校よりも閉鎖された空間で、周囲から見てよくわからない部分がありましたよね。一番いいのは町の人が病院の中に自由にどこでも入れるようにしちゃうこと。そうすればお年寄りの人権もきちんと守るだろうと思って、ボランティアを募集しました。今、庭づくり、ベッドメーキング、ロビーとか約二〇種類のボランティアがうちの病院を支えてくださっていて、そのうえ病院の倫理観をすごく高めてくれた。市民の目があるから簡単には患者さんをしばったりしない。自然に開かれた病院になった。

水谷　子どもが一番虐待されている閉鎖的な場所って家庭と学校だと思います。親が子に対していっている言葉やおこなっている行為が、すべて社会で通用するのか考えてみてほしい。わが子はわが子である前に一人の尊い人格を持った存在なんです。学校の先生が、職員室に生徒を呼ぶ。呼ばれただけでドキドキしている生徒に対する言葉遣いはひどいことが多い、そこには話に関係のない教員がいっぱいいて、さらし者にもなる。それに気づいてもらいたい。

●――この国も捨てたものではない

鎌田　先ほど、病院で子どもの心のケアをするチャイルド・ライフ・スペシャリスト（CLS）の話をしましたが、CLSは、病院で亡くなった患者さんの子どもたちの心のケアもしています。親が亡くなる直前に家族みんなで手形を取って寄せ書きをしたりね。小児科の開業医たちがつくる日本外来小児科学会には、子どもの権利擁護《ようご》の活動をする「アドボカシー（代弁）委員会」というのがあって、診療の場から出て、チャイルドシート着用運動や、事故予防の啓蒙《けいもう》活動などを繰り広げています。

また、産科で働く看護師さんの数がとても不足しているために、「ミルクの一人飲みを強《し》いられている赤ん坊がいる」と声をあげている医師もいます。危険なことです。しかも危険なだけでなく、新しく産まれた命に愛情が伝わりません。子どもの権利を守るために行動する人たちが医療の世界では増えています。

水谷　僕の一一年間の講演を聞きに来てくれた人は、述べで一七〇万人を超えています。それだけ人が来てくれるということは、やっぱり子どものことを悩み、真剣に考えてる人たちが多いということです。この国は捨てたものではないですよ。こんなグローバル化した巨大な社会の中で、しょせん自分は歯車以下だ、何をしたって無駄だと思っているかもしれない……違いますよ。太平洋に石を投げればアメリカに波が届きます、○・○○○○……何ミリの高さかわからないけど。社会で自分が一つ配る優しさが大きな影響を与えるはずです。

鎌田　引きこもりも、自殺も、暴力も連鎖をするけど、あたたかさも連鎖を間違いなく起こします。だから、一人ひとりがもっと自分に自信を持って、あたたかな行動をすることが大切です。あたたかな連鎖を信じて。

7ヵ月にわたって往復書簡を交し合った二人。
2008年10月久しぶりに再会し、熱いメッセージを語り合った

だいじょうぶ、だいじょうぶ、やり直しはできる

鎌田　實

経済の崩壊が、雪崩《なだれ》をうって起こりだした。企業は非正規社員を切り捨てはじめた。信頼の崩壊だ。医療崩壊だけでなく、介護も年金も崩壊をしかけている。自給率四〇%を切り、偽装表示、薬物混入、事故米《じこまい》の不正転売など「食」の崩壊が起こった。温暖化は進み、気候の崩壊も起きはじめている。

そこらじゅうが崩壊するなかで、何も手も打つことができない、この国の政治の崩壊もひどい。

そのなかで、水谷が怒り、鎌田が受け止めるという話の展開が予想されたが、めずらしく、鎌田が怒り、水谷が受け止めるという予期せぬこ

とが起こった。その結果、今までの水谷の本ではお目にかかれない水谷修が出現し、今までの鎌田の本ではお目にかけたことがない鎌田實が出現した。

子どもや若者を取り巻く状況は厳しい。リストカット、引きこもり、いじめ、教育崩壊、モンスターペイシェント、フリーター、派遣切り。若者は、それでも丁寧《ていねい》に生きようとしている。そういう若者にエールを送った。

若者だけでなく、困難のなかにいる、それぞれの年代の人たちにエールを送りながら、生きるとは何か、生活するとは何か、過酷《かこく》な厳しい状況のなかで生き抜くためにどうしたらいいのか、二人のヒゲヅラの男が全力投球で往復書簡というカタチにこだわってキャッチボールをした。

体制にぶつかり、体制を批判するだけではなく、時代を変え、社会を変え、この国を変えるために、何をしたらいいのか、二人で探し求めた。いくつかのヒントは出たと思う。

競争を激化させドライな社会をつくろうとした小泉元首相がやった国

づくりとは反対側に位置する、新しいウエットな国づくり。子どもやお年寄りを大事にし、教育や医療を充実させ、安心のできる国づくり。自分の国に誇《ほこ》りや愛着をもつことができる、あたたかな血の通《かよ》った国づくりをすることの必要性が、水谷と鎌田の対話のなかで見えてきた。

何度も読み直してほしいと思う。間違いなく、大事なヒントが隠れているはず。

二人のヒゲヅラの男たちが共通に感じているものがあった。この国は厳しい状況に追い込まれてはいるが、まだ土俵は割ってはいない。土俵《たわら》の俵にまだ足がかかっている。ここは踏ん張りどころである。いい国にすることはできる。そう思って、この往復書簡を交《か》わしてきた。

だいじょうぶ、だいじょうぶ、まだ遅くはない。なんとかなる。ぼくはそう信じている。

だいじょうぶ、だいじょうぶ、まだ優しさ残っています

水谷　修

今から一八年前、私は、夜の世界に入りました。日本最大の夜間高校に勤務し、たぶん日本で最も恵まれない環境で育った子どもたちとともに生きることを始めました。自分を虐《しいた》げた親や大人を憎む子どもたち、厳しい環境の中で明日を見失い自暴自棄《じぼうじき》にさせられた子どもたち、それまでの悲劇的な環境の中でも明日を夢見て、なんとか這《は》い上がろうと努力する子どもたち、多くの子どもたちと、授業や「夜回り」を通して、ともに生きてきました。

そして、今から五年前に、夜の暗い部屋で明日を見失い、自らを傷つけ死へと向かう「夜眠れない子どもたち」に向けて、メールアドレスを

公開しました。「君たちは、もう一人じゃない。水谷という一人の大人が君たちの存在に気づいたよ。一緒に明日に向かって歩こう」というメッセージをのせて。

私は、この一八年の戦いの中で、最初の一六年は、大人たちを憎み続けました。我が子を追い込む親たち、大切な生徒をひどい言葉で責《せ》める教員たち、傷ついた夜の世界の子どもたちを蔑《さげす》み、憎み、それどころか罰しようとする大人たち、すべてが憎かった。夜の町でも、電話でも、講演でも、何度大人たちを罵倒《ばとう》したかわかりません。大人たちを敵とすることで、子どもたちのそばに立っていました。

でも、私は変わりました。それは、鎌田先生やたくさんの素晴らしい大人たちとの出会いがあったからです。鎌田先生のそばにいるだけで感じる優しさ、あたたかさが、私の大人たちへの憎しみを溶かしました。子どもたちを追い込んだ、親たちや教員たち、大人たちの目の中にも、哀《かな》しみを見ることができるようになりました。じつは、子どもたちを追い込む大人たちも、社会の被害者なんだと想うゆとりを学びました。

世界も我が国も、これからもっとひどい状況になっていくでしょう。もう経済的な発展を恒常的に求め続けることは無理になっています。

それじゃあ、私たちはもっと不幸になっていくのか、とくに子どもたちは。

私は、そうは想いません。講演活動を始めてすでに一一年、二七〇〇回を超える講演を日本各地でおこない、延べ一七〇万人を超える人たちに話をしてきました。人間は、捨てたものではありません。まだまだ果てしない優しさが、一人ひとりのこころの中に隠れています。それに気づけば、それをうまく出すことができたら、必ず、世界も我が国も変わります。

優しさで、人と人とが、大人と子どもが生き合うことのできる社会、必ずつくれます。

だいじょうぶ、だいじょうぶ、まだ優しさ残っています。

編集後記

芯から元気になるメッセージ

藤原善晴

鎌田實先生、水谷修先生、二〇〇八年一二月一日発売号で休刊になった週刊誌「読売ウイークリー」に、往復書簡『好感日記』を連載していただき、本当にありがとうございました。

そのうえ、今回、お二人のメッセージが単行本『だいじょうぶ』にまとめられるにあたって、編集のお手伝いを少しばかりさせていただけたことも望外の喜びでした。

心が重苦しくなるようなニュースが多い昨今ですが、週に一度、原稿を受け取り、それが週刊誌に載《の》るまでを見届ける作業が、連載が続いた三一週間、担当者の私のカラダを芯から暖かくし元気にしてくれました。

原稿をひと足さきに読む〝特権〟もさることながら、読者の皆様から、

「心温まるエピソードに感動」「なんだか元気になった」などと、うれしい反響が続々だったからです。

モンスターうんぬん、いじめ、無差別に殺傷する事件の続発、医療崩壊、学校崩壊、世界的な大不況、派遣労働者切り……。これらをナントカしなければ、といろんな対策が提案されたり議論が起きたりしています。でも、「表面をなぞっただけの、その場しのぎ。根本的な解決につながらないんじゃないの？」と思えるような論が多かったりして、なかなか先行き不安が払拭《ふっしょく》できない、というのが世の中にたれこめる重苦しさの原因だと思います。

良い政策、制度、施設をつくり出す原動力は何か、つくり出されたものがじょうずに活用できるように後押ししてくれるエネルギーのもとは何か、と考えてみると、一人ひとりの人間の心の「温かさ」や「元気」以外にはありません。鎌田先生、水谷先生の三一通のメッセージの中継《なかつ》ぎをするなかで、私はそう確信しました。

お二人のメッセージを読んでいると、さまざまな社会問題から入って、やがて、「温かさ」や「元気」をどう生み出すかという本質的なところが見えてきます。この道をどんどん歩いていけば、「だいじょうぶ」とお互い言い合える世界に到達できるのだな、と感じました。

『好感日記』のそもそものきっかけは、「読売ウイークリー」二〇〇四年二月一五日号で、「ハマの『夜回り先生』奮戦記」と題し、水谷先生の活動を取り上げた記事を書かせていただいたことです。「夜回り先生」がブレイクする前でしたが、当時の川人献一編集長の「いい話をひろってきたね」というゴーサインが、今につながりました。

それから四年を経た二〇〇八年二月、重田育哉編集長の指導のもとで私が担当していた「読売ウイークリー公開対談」で、鎌田先生と水谷先生の組み合わせが実現しました。そして、対談会場では、司会役や案内、サイン会の運営などで多くの同僚、出版関係者からの温かいバックアップです。〇八年五月四日号から『好感日記』がスタートしました。

編集会議で、編集者の成保江身子さんから「あの公開対談は、『好感日記』に向けたお二人の問題提起だから、大切ですよね」という提案があり、五〇〇〇人の聴衆を感動させたお二人の対話が再録されました。

「読売ウイークリー」休刊直前には、上下二回、合計八ページにわたるお二人のロング対談を掲載しました。

日本評論社の林克行会長からは「載っけられなかった分が、たくさんあるんでしょ。この際、どんどん載せましょうよ」とハッパをかけられ、一層ロングなまとめ対談が加わりました。

そして、鎌田先生、水谷先生からの二〇〇九年の年頭を期しての新たなメッセージも。こんなふうにしてできあがったブアツイ『だいじょうぶ』ワールドが、ニッポンを元気にしてくれることを祈ります。


（読売新聞文化部・前「読売ウイークリー編集部」記者）

[著者略歴]

鎌田　實（かまた・みのる）

1948 年、東京都に生まれる。1974 年、東京医科歯科大学医学部を卒業する。長野県の諏訪中央病院にて、地域と一体となった医療や患者の心のケアも含めた医療に携わる。2005 年より諏訪中央病院名誉院長に就任。同時に、東京医科歯科大学臨床教授、東海大学医学部非常勤教授も勤める。
著書には、『がんばらない』『あきらめない』『なげださない』『雪とパイナップル』『いいかげんがいい』（以上、集英社）、『幸せさがし』（朝日新聞出版）など多数ある。

水谷　修（みずたに・おさむ）

1956 年、神奈川県に生まれる。上智大学文学部哲学科を卒業する。1983 年に横浜市立高校教諭となるが、2004 年 9 月に辞職。在職中から、子どもたちの非行防止や薬物汚染の拡大防止のために「夜回り」と呼ばれる深夜パトロールを行い、メールや電話による相談や、講演活動で全国を駆け回っている。
著書には、『夜回り先生』、『さらば、哀しみの青春』（高文研）、『夜回り先生　こころの授業』『いいんだよ』『あおぞらの星 2』（以上、日本評論社）など多数ある。

本作品は「読売ウイークリー」誌に掲載されたものを加筆・修正し、再編集しました。
往復書簡は「好感日記」の連載（2008 年 5 月 4 日号〜12 月 14 日号）を修正しています。対談は「第 9 回トークスペシャル」（2008 年 3 月 2 日号、3 月 9 日号）、「休刊カウントダウン企画」（2008 年 11 月 23 日号、11 月 30 日号）をもとに、大幅に加筆しています。

だいじょうぶ

2009年3月10日　第1版第1刷発行

著　者　鎌田實・水谷修
発行者　黒田敏正
発行所　株式会社 日本評論社
〒170-8474 東京都豊島区南大塚3-12-4
電話 03-3987-8621（販売）　-8598（編集）
振替 00100-3-16　http://www.nippyo.co.jp/
印刷所　精興社
製本所　難波製本
装　幀　桂川潤
題　字　鎌田實
写　真　小倉和徳
検印省略
ISBN978-4-535-58569-0